冬でも薄着の彼が風邪を引いた

前田理容

Parade Books

目次

自由律俳句 1

喫茶プリティーウーマンからじじいが出て来た

スタバにひとりで入店できる域にまだない

座面の高い椅子で待たされる

おしゃれの店たかはしと自ら名乗った勇気は買う

彼女にしては思い切ったサングラスをかけた

何が何でも隅っこを死守するようだ

カーナビがシュールな道を勧める

同級生に厄年を心配される

醤油味と味噌味の両方を買う発想はなかった

冬でも薄着の彼が風邪を引いた
ハイソックスには少し足りない

赤信号でまた追い付かれる

あだ名で呼ばれている気がする

あの子は六本木で降りる

行き過ぎた断捨離

田舎道に巨大大仏が突如現る

おばちゃんの大雑把な解説

回転寿司で注文しない意地を見せる

管理人とはいえ管理し過ぎた

曲を聞いたことがあるだけで喜ぶ程度の洋楽知識

くまモンの話が生で聞けるらしい

午後七時は夕方という狂気

この場所で記念撮影する真意を図りかねる

堪えた分余計によろめく

三十なのにダジャレが止まらない

自分の鼾で目覚める

じゃあまたねの本気度をはかる

十五時三十分発のローカル路線バスに乗り遅れる

知らぬ間にロハスに巻き込まれる

才能あってのその長髪

そこまでベルを鳴らすほどのことではなかった

ダイエットのことはいったん忘れる

大道芸人ピノキオさん来店という告知への反応に迷う

食べ散らし方は大富豪

ディズニーランド帰りを隠し切れない

テレビ番組だけが年末になっていく

途中で壊れてあっさり捨てる

ドラフト会議を自分事として待つ

猫に睨まれその場を動けない

寝間着との微差

ハンケチ世代

昼ご飯なのか晩ご飯なのか

閉店セールを始めてから粘った

ヘルシー食品を食べ過ぎた

前の住所のままなので来年は届かないが言わない

またお冷を出されたら飲み干す自信はない

周りを見て今日が祭りと知る

水着がはみ出てるのを言えぬまま海に着いた

もう再放送してる

よく知らないハイブリッド車を自慢する

レイアウトは以前の店のままだ

グルメレポート

居酒屋

この店の壁は、ほとんどがコンクリートでできている。コンクリート打ち放しのマンションに住みたい僕は、店の壁を指しながら、その思いを横の友人に伝える。

すると彼は、「コンクリートは熱伝導率が良いから、夏は暑くて冬は寒いし、最悪やで」と言う。理系の彼のたった一言が、僕の淡い夢をリサイクル不能なまでに粉砕した。

彼は覚えているだろうか。大学一年生のとき、ある科目の後期試験で、僕が「色々」と協力をしたおかげで、大学卒業、大学院入学、就職先決定、そして大学院卒業といった、今の彼があるのだ。いっそのこと、その協力について大学当局に訴えようと思ったが、その協力のお礼として、当時、彼に焼肉をご馳走になった。ギブアンドテイクを重んじる僕は、コンクリートは最悪と言われた悔しさを、それ以上引きずらずにいた。

この店は、グルメ本では、「居酒屋」というジャンルに入っている。居酒屋というと、庶民的、大衆的であることを引き換えに、料理の質を差し置くという印象をそれまで抱いていた。

しかしこの店が、僕の居酒屋に対する、偏見に満ちた悪いイメージを一変させた。

とにかく提供されるすべての料理が偏差値六十以上なのだ。特に「牛スジの味噌煮込み」は、肉好き、なかでも脂身好きの僕にとって、最高の一品である。白米は、その品種を日ごとに変えるという力の入れ様。そして一品一品の量も多い。脂ののった「ホッケ」は丸ごと一匹提供され、その大きさゆえ、皿から飛び出している。ちなみに理系の彼は、この歳までホッケのことを知らず、「この魚、おいしいな」と言いながら、むさぼるように食べていた。彼は、大学の教養課程からやり直した方がいい。

この店でさらに驚かされるのが、そのような量でありながら、値段も安い。すべての料理が五百円前後である。

二十人が入ったら満員になるこの店、二人の男が切り盛りしている。無口で天然パーマの痩せた一人と、独り言ばかり言う七三分けの太ったもう一人。この対照的な二人が、終始舞い込む注文をテキパキとさばいていく。

大学卒業一か月前まで、こんな店が近くにあるのを知らなかった僕は、自分自身に対し、「留年二年もしたのに一体何やってたんや」と、自虐的な言葉を投げつけたくなった。

その遅れを取り戻すように、ここ一か月で三回もこの店を訪れた。出不精の僕にとって、この数字はまさに、金字塔を打ち立てたと言えるだろう。この調子で行くと、四回目もそう遠い未来のことではない。

オムライス

カウンターに座る僕のところにオムライスセットがやって来た。早速オムライスをスプーンですくい、口に運ぶ。おいしい。パサパサではなく、かと言ってベタベタでもない。卵とケチャップライスの適度なドロドロ感が、従来のオムライスとは違うハーモニーを僕の口の中で奏でる。

ただ、何か物足りなく感じる。そして、物足りなく感じる理由を僕は知っている。店に入ってから、その原因について僕はずっと考え続けている。そう。カウンターの中で調理するシェフが誰かに似ているのだ。だが、その誰かを思い出せない。たくさんの人の顔、たくさんの人の名前を順に思い浮かべていく。そのことに必死で、僕の口に運ばれるスプーンの動きも、自然と緩慢になる。

その瞬間は突然やって来た。「あっ、俳優のベンガルや」。心の中で快哉を叫ぶ。欠けていた最後のスパイスがようやく加わり、オムライスがさらにおいしさを増す。

食後、シェフがベンガルに似ていたことを一緒に来店した友人たちに伝えると、全員からきわめて好意的な賛同を得られた。近年にない大きな達成感を僕は感じた。

おばんざいとカレーうどん

京町家を改築したおばんざい屋に、料理人を含む店員は、女性三人しかいない。それで長年店を切り盛りしてきた事実が彼女たちの自信になっているのか、少人数で何とかやりくりしているという印象をこの店は全く感じさせない。

僕たち二人は、店員に案内された座敷に腰を下ろす。そこには、二人で使うには小さい年代物の机がぽつんと置かれている。その小ささに戸惑いながら、空腹状態には勝てず、机上の品書きを早速手にする。品書きの表裏に料理品目がぎっしり書かれているが、その品目のいずれにも値段が表示されていない。そのことに一抹の不安を感じたが、とりあえず何品か注文する。

まず、からしれんこんが運ばれてくる。れんこんの穴に特製のからしが詰められたのが二切れ。この量ならば、それほど高くないであろう。僕たちは胸をなでおろし、追加注文をする。

この店の料理は独創的だ。例えば、醤油皿にのった海苔とかつお節、わさびに醤油らしき液体をかけたものが運ばれてきたが、僕たちは何かをつけるつけだれだと思い、それをそのまま放置していた。しかし、いつまで経っても、そのたれにつけるべき品が現れない。不思議に思い、この店の一品一品を解説する机上の解説本を見てみる。すると、どうやらこれは、これで完成品であることが判明する。この店では、そのようなクリエイティブな一品が目白押しだ。

この店の料理は一品の量が少ない。一般の店の三分の一ぐらいの量だ。酒がいける口ならこの量でも問題ないのだろうが、あいにく僕たちは、酒がいける口ではない。どうしても食べ物を欲する。だがこの量だ。注文すれども空腹のままである。

空腹をこらえ切れず、僕たちは店を出ることにした。そしてレジで言い渡された値段に、二人は唖然とする。一つひとつがごく少量の品を十品と瓶ビール一本で、九千円。海苔とかつお節、わさびの一品は一体、いくらするのだ。この値段で満席だ。店はがっぽがっぽと儲かっているに違いない。疑念が疑念を呼ぶ。

僕たちは納得がいかないまま、二軒目のカレーうどん屋に行った。カレーうどんが僕たちの空腹を満たした。

僕たちは単に、行く店の順を間違えたのではないか。カレーうどん屋に行って腹ごしらえした後に、おばんざい屋に行ったら、海苔とかつお節、わさびの一品の値段に目くじらを立てることもなかったのではないか。そんな「たられば」を思った。

カレー

僕が大学生のとき、社会人になった高校の同級生から「会社の近くにおいしいカレー屋があるから来い」という誘いを受け、彼が勤務する淀屋橋に赴いた。

正午過ぎ、待ち合わせ場所にスーツ姿の彼が現れた。彼は一瞬、僕のラフな格好に何か言いたげな視線を浴びせた後、何もなかったかのように目的のカレー屋へと向かい始めた。

しばらく移動した後に到着した、彼お薦めのカレー屋は、十人が座れば満員になるような大きさの店であった。店の外には、順番を待つ勤め人たちの長蛇の列ができていた。その列に僕たちも加わる。

長々と続く行列であったが、思いのほか早く順番が近づいてきた。それは、座席数が少なく、順番待ちの人も多くいるためだろう、食べ終わったらすぐに店を出るという確固たるルールが、この店にあるからだ。この回転率の良さなら、小さな店とはいえ、経営は十分成り立つだろう。

店内の様子を見ると、食べ終わったらすぐに店を出るというこの店のルール上、席は一つずつしか空かず、誰かと一緒に来ても、隣同士で食べられないことがほとんどのようだ。

とうとう僕たちの番が回ってきた。例にもれず、僕たちも離れ離れの席で食べることになった。

この店には、数種類のカレーとドレッシングが数種類あるサラダとのセットメニューしかない。そして、注文の仕方が独特だ。例えば、シチューカレーと、醤油風味のドレッシングのサラダとのセットを注文したい場合は、「シチューで、醤油」というふうに、短縮形でオーダーしなければならない。

このことは彼から事前に聞いていたが、いざその段になると、一見さんの僕にとって、通ぶった注文はハードルが高く、怖気づく。だが、ひるんでばかりいると、食べられない。それでなくても、スーツ姿や会社の制服姿の勤め人しかいないこの店内において、カジュアルな格好の僕は異分子だ。ここで通ぶらないと、ますます社会から疎外されそうな気がする。僕は声を震わせながら、思い切って通ぶった。

カレーを食べた後、近くの喫茶店でアイスコーヒーを彼におごってもらった。午後一時前、彼は自社の社屋へと消えていった。淀屋橋というビジネス街に溶け込んだ彼の後ろ姿に、学生の僕は、彼がもう手に届かないところに行ってしまったように感じた。

それからおよそ一年後。僕もとうとう学生ではなくなった。彼とあのカレーを堂々と食べに行けるようになった。

だが彼は、その後転勤の連続で、盛岡を経て、現在は仙台でサラリーマン稼業を務めている。彼は、地理的に僕の手がもう届かないところに行ってしまった。

韓国料理

店内のどのテーブルの上を見ても、焼肉用の鉄板やエプロン、取り皿など、焼肉を食べるための必須アイテムが事前に並べられている。あとは鉄板に火を入れれば、焼肉をすぐに開始できる。この店は、まず焼肉を食べることを静かに強要している。

グルメ本にこの店は、「焼肉はもちろん、韓国料理のバラエティにも富んでいる」と書かれていた。そして今回、僕たちがこの店で食べたいのは、韓国料理である。

僕は店員に「焼肉を食べなくてもいいですか？」とおそるおそる尋ねる。「構いませんよ」と明るく聞き入れてくれた。そして店員は、焼肉を食べるための準備が完璧になされたテーブルの上をテキパキと片付けた。その様子を見て、僕たちは何とも言えない罪悪感に責められた。

注文した、石焼ビビンバとチヂミが運ばれてくる。僕たちのテーブル以外の他のテーブルからは、焼肉をする煙がもうもうと立ちのぼっている。それを見まいと、僕たちは石焼ビビンバとチヂミを一心不乱に食べた。

集中して食べたので、短時間で完食できた。そのおかげで、居心地の悪いこの店を早く去れることになった。

きんし丼

店内に入ると、僕たち以外に客がいなかった。手持ち無沙汰の店員がそこかしこにいる。創業百年の老舗とはいえ、平日の夕方ならば、店に閑古鳥が鳴くのも仕方がないか。座席はすべて空いているので、僕たちは座る位置を自由に決定できる立場にある。だが、店の真ん中に堂々と座ることに気が引け、隅の席に腰をかけるという控え目な態度を取る。

僕たちが席に着くのと同時に、ようやく仕事にありつけ気が急いたのか、湯呑を手にした一人の店員がすでに僕たちのもとに達していた。

名物「きんし丼」を注文してから数分も経たないうちに、それが僕たちのところにも運ばれて来た。

この「きんし丼」は、うなぎ丼の上に、大きなだし巻き卵をのせたものだ。うなぎとだし巻き卵を焼く時間を考えると、この店では、客がいようがいまいが、ひたすらうなぎとだし巻き卵を焼き続けているのかもしれない。熱々のものを待ち時間なく食べられるというのは、腹を空かした者にとってこの上ない喜びだ。

外食でうなぎ丼を食べたのは数回目であった。普段、自宅で食べる冷凍うなぎもそれなりにおいしいが、ここで出されたうなぎはやはり冷凍物とは格が違い、食が進む。量が多かったにもかかわらず、ものの十分でそのすべてを平らげてしまった。

僕たちのあとに一組、客が入ったとはいえ、店内はまだ人口密度が低い状態が続いている。そのような状況で、十五分そこそこの滞在で立ち去るのは後ろめたかったが、だからといって、長居する義務もない。この店を新参者に託し、僕たちは店をあとにした。

ジャンボオムライス

ジャンボオムライスで有名な店に行くことで友人と合意した。

その店に行った経験がない僕たちの間には、その「ジャンボ」という評判に少なからぬ誇張が含まれている、という暗黙の了解があった。

店に足を踏み入れる。レトロなのか、それとも、単に汚れているのか。微妙な雰囲気の店内にしばし見とれる。

席に着く。注文する品はすでに決めているのだが、メニューを儀式的に開く。「オムライス六百三十円」と書かれている。ジャンボに誇張が含まれていることを証明するような、平凡な表記だ。さげすむようにオムライスを注文する。

友人がオムライスを食べている人を遠くに発見する。一つのオムライスを三人で食べている。友人との間に緊迫した空気が流れる。

注文から十分後、華奢な女性店員が持ってきたものは、とても「オムライス六百三十円」と思えない代物であった。目測でご飯がお茶碗で十杯分。いや、それ以上かもしれない。想像を上回るスケールに僕の頭を不安がよぎる。

スタートダッシュが完食の成否を決める。これは、過去にいくつかの大食いに挑戦してきた僕の持論である。満腹中枢が刺激される前に片を付けるのだ。トップスピードで、止めどなく、オムライスを口に運ぶ。

半分を食べた頃から、ケチャップ、半熟の卵、そして諸々の具が、僕の胃を嘔吐にいざなう。淡泊な白米が恋しくなる。

すべてを食べ終わる。限りなく無感動に近い達成感が僕を包む。

食べてしまって手持ち無沙汰となった僕は、他のジャンボオムライス挑戦者の様子をうかがうため、あたりを見回す。しばらく観察した結果、挑戦者の行動パターンがほぼ同じであることに気付く。

ジャンボオムライスが運ばれてくると、その大きさに驚きの表情を示す。その表情にはまだ余裕が垣間見え、近い未来に起こる悪夢を想像もしていない。無邪気に食べ始める。オムライスを口に運ぶごとに、無口になっていく。なかなか減らないオムライスを直視できなくなり、たまらず下を向く。沈鬱な表情で、もう自分はこれ以上食べられないことを同席者に訴える。食べ残したものの大きさに恐れをなし、足早に店を去る。

友人もこの例外ではない。半分ぐらいを食べたところで、完全に動きが止まってしまった。やむを得ず、僕は援護射撃をする。

自分が注文した品は必ず残さず食べるという、僕の食に関する唯一のポリシーが、自分の分の完食に導いたが、他人の分では、そうはいかない。責任感の欠如も手伝い、自分の分を食べるよりも一層胃にこたえる。とても食べ切れそうにない。

残ったオムライスをテーブルに不法投棄したまま、逃げるようにレジへ向かう。

普段なら「ごちそうさま」と店員に声を掛けて店を出る僕だが、今日はとてもそういう気にはなれない。

店を出た。「腹八分目!」と、食に関するセオリーを大声で叫びたくなる。だが、オムライスが口まで逆流しそうだったので、小さくつぶやいた。

ジャンボカレー

友人と一緒に自動車教習所にやって来た。僕の場合、文字通り来ただけで、その後は、待合室で、技能教習を受ける友人の様子をぼんやり見つめていた。

教習所が好きという人は稀だと思うが、僕の場合、さらに深刻で、教習所という存在自体を体が受け付けない。教習所に行くことを決意した日であっても、別の用事を必死に見つけ出そうとし、教習所に行けなくなるよう努力した。その結果、時間に余裕がある大学生でありながら、自動車免許を取得するのに一年近くもかかってしまった。

この日も、学科教習を受けることを心に固く誓い、自宅を出てきたのだが、教習所に着くと、体が拒否反応を示し、友人の技能教習を眺めることになった。

技能教習を終えた友人と、近くのカレー屋で昼ご飯を食べることにした。自宅から決して近くはない教習所までバスではるばるやって来て、何もせずに帰るのは、さすがに人生の浪費だ。1・5キロのカレーを二十分以内で食べるという、この店の大食いチャレンジメニューに挑戦することにした。

そのカレーが運ばれてきたときの第一印象は、確かに量は多いが、何とかなるであろうという、楽観的なものであった。

店員の「スタート」というかけ声を合図に食べ始めた。

僕を最初に襲ったアクシデントは、カレーの熱さであった。普段、熱いものを食べるのは平気であるが、それはゆっくり食べているからで、今日のように熱いものを止めどなく口に運ぶと、シンプルに熱い。その熱さ自体は精神的に我慢できるが、体は正直で、その熱さに耐えかねた口の中の皮がむけ始めた。

人の体というものは不思議なもので、数分後には、その熱さに慣れてしまった。こうして、僕は無事、第一関門を突破する。完食を目指して、僕は食べるペースを維持する。

八分経過したとき。三分の二ぐらいをすでに食べていたが、僕は突然、食べるのを止めた。もう一口食べたら、カレーが胃から逆流するであろうと、経験則で判断したのだ。ここは安静にして、僕の胃の消化運動を信じるしかない。

十一分経過したとき。空気の逆流（つまり、げっぷだ）か、あるいはカレーの逆流か、そのいずれかが、胃から上がってきそうになる。その逆流が空気ならば、その分胃にすき間ができて、完食がぐっと近づく。カレーならば、店内にインド風の地獄絵が描かれることになる。

僕は、結果を天の意思に任せ、胃から上がってくるものを待った。げっぷだった。胃が軽くなった僕は、残り三分の一を一気に平らげた。ただ、その副作用で、晩までカレー風味のげっぷが出続け、その気持ち悪さで晩ご飯を食べることができなかった。

今日一日で得たものといえば、昼食代無料と、カレー完食祝いに店員が撮影した写真だけであった。

スペイン料理

カウンターの片隅に座った僕たちに、シェフはとても親切にしてくれる。パエリア鍋にこびり付いたご飯のおこげを、頼んでもいないのに、必死に剥がしてくれたり、パンはこのオリーブオイルに浸したらおいしいと、やさしく教えてくれたりする。

そしてシェフは僕に対し、「過去に来店されませんでしたか？」と確信に満ちた表情で尋ねてくる。僕が「初めてです」と答えると、それでも「どこかでお会いしたことがある」と食い下がる。

フランスW杯時のサッカー日本代表、名良橋晃選手の顔が目に焼き付き、彼によく似ていると言われる僕を見て、先ほどの発言につながったのだろうか。

いずれにせよ、会ったことがないのに会ったことがあるとシェフにしつこく言われると、もうどうしようもない。

店を出るとき、シェフが「また来て下さい」と、僕に熱いまなざしを向けながら言った。やれやれ。

ダイニングバー

僕が行きつけと自信を持って言えるのは、このバーだけだったかもしれない。「二軒目どうする」となった場合に、その選択権を僕が持っているときは、必ずこの店に行った。

キング・オブ・サーファーと言われてもおかしくない、茶髪でロン毛のいかにもといった風貌をした、三十を少し過ぎたあんちゃんが店長である。

料理の種類は豊富で、しかもおいしい。ドリンクもカクテルが五百円からと、周辺の店よりも一杯あたり数百円は安い。このことが、僕がこの店を行きつけにした一番の要因だったのかもしれない。

僕はこの店に必ず誰かと一緒に行くため、店長に話しかけられることは多くはないが、僕が行きつけと豪語するだけのことはあり、店長の方も僕のことを覚えてくれていた。店長に「僕をどのような存在と捉えているのか」と一度問うてみると、「平日も夜遅くまでいる暇な兄ちゃん」と言われた。僕の現状をぴったりと言い当てる覚えられ方であった。

常連の特権か、自分たちの賄いを無料で提供してくれることもあった。その賄いが店で出される料理よりもおいしいときが少なくない。自分たちが一番おいしいものを食べたいというのは、店長としては失格なのかもしれない。

冒頭で「行きつけと言えるのは、このバーだけだった」と過去形で書いたが、この店は突如、閉店してしまったのだ。いつもはもっと頻繁に行くのに、珍しく数か月ぶりに訪ねると、別の店に変わっていた。

店長はどこで何をしているのか、賄いはどこで誰が食べているのか、今でも思うことがある。

とんかつ

路地から店へと続く幅の狭い石畳を歩く。店の間口も、石畳と同様、狭い。暖簾をくぐる。店の奥行きは想像以上に深い。京都らしい、ミスター（ミス？）「鰻の寝床」だ。席に着き、品書きを見る。「ひれかつ定食A」と「ひれかつ定食B」というメニューがある。Aの方がBよりも三百円高い。AとBのどちらかを注文しようと思った僕は、両者の値段が違う理由を聞くため、店員を呼んだ。現れたのは、学生アルバイトらしき男性店員。その理由を尋ねると、彼は、「違いはありませんよ」と断言する。笑みさえ浮かべている。

AとBの間には、玄人しか分からないような違いしかないのかもしれない。それでも、彼には、アルバイトとはいえ、この店の一員として、素人の僕でもAの方を選ばざるを得ないような口説き文句を言ってほしかった。「違いはない」という言葉を店長が聞いたら、どれほど心を痛めたことだろう。

「違いはない」ときっぱり言い切られた僕は、もちろんBを選んだ。そしてこの店は今日も、三百円を失った。

バー

僕の特技は、痛さや苦しさ、辛さ、悲しさ等、ネガティブな感情を顔に出すのがうまいことかもしれない。

高校時代、ラグビー部に所属していたが、その練習の中に、タックル練習があった。欧州等では、ラグビーは芝生の上で行うのが当たり前だが、日本の貧困なスポーツ環境のため、土の上で行われることが普通だった。

土の上でタックル練習を行うのだから、倒される者は誰しも痛くないはずはない。その中でも僕は、苦痛の表情が顔中にあふれ出ているので、群を抜いて痛そうに見えたらしい。しかも僕の場合、タックルを受ける前から倒された後に思いを巡らせ、タックル前から苦悶に満ちた顔をしていた。その表情を見ると、僕にタックルすることをためらう者もいたそうだ。

普段僕は、どちらかと言えば、感情が表に出ない方かもしれない。ただ、ネガティブな感情だけは、無理なく、素直に、そして過剰に顔つきに表すことができる。

京都に住んでいたとき、鴨川沿いにあるバーに友人とよく訪れた。川床がある、洒落た店だった。

僕はこの店でお金を使ったことがない。この店にはいつも同じ友人と来る。その友人が、何も言わず、毎回すべて払ってくれるのだ。僕は友人のヒモでもないし、友人が僕を溺愛していることもない。僕たちは単なる友人同士であり、対等な関係だ。

これは一体、何を意味するのか。あくまでも僕の推測にすぎないが、お金をできるだけ使いたくないという否定的な感情が僕の表情に露骨に出て、それが友人に、自分が何とかしなければと思わせているのではないだろうか。

今では、僕のこの特質を悪用すれば、すべての会食の場でおごってもらえるのではと睨んでいる。

焼肉

僕が大学生のとき、所属サークルの後輩女子と焼肉を食べに行くことになった。どうせ食べるなら、おいしく、安いところで食べようと、焼肉のメッカ、鶴橋まで行くことにした。

僕は、このとき初めて、鶴橋駅に降り立った。焼肉やキムチをはじめ焼肉関連商品の匂いが入り混じり、その匂いが街全体に染み付いている。入り組んだ路地に、一見して温和に見えない人々がたむろしている。

約束の時間になったが、彼女は現れない。彼女を待つ間、焼肉関連商品の匂いが染み付いた街の、温和に見えない人々と、同じ時空を共有せざるを得ず、僕は気持ちが落ち着かない。

僕のそんな気持ちを知る由もなく、彼女はのほほんとやって来た。遅れてきたにもかかわらず、そののんきさは不謹慎に感じたが、彼女の登場で不安や緊張から解放されたのも事実であった。

僕たちは、鶴橋駅から少し離れたところにある焼肉店に入ることにした。「お腹が空いた」という彼女の心からの一言で、僕はとりあえず、カルビや牛タンなど、肉を十人前注文した。

肉が運ばれてくる。競合店がひしめくからなのか、一人前の量が多い。これから始まる夕食に僕は心躍らせた。

そう思ったのも、僅かの間だった。彼女は、二人前分も食べないうちに、箸を下ろした。それ以降、彼女が箸を持つことはなかった。

僕の孤食が始まった。たかが残り焼肉八人前分程度と高をくくっていたが、思っていた以上に肉が減らない。とにかく一人前の量が多い。ここは銀座の焼肉店ではなく、鶴橋のそれなのだ。

彼女は我関せずと、僕が食べる様子をただ見ている。確かに十人前を注文したのは僕だが、「お腹が空いた」と言ったのは貴様ではないか。「今すぐ大食いになれ」と彼女に呪いをかけたい。それでも、彼女の胃の容量を確認せず、十人前頼んだのはやはり僕である。やむなく肉を口に運び続ける。

そしてついに完食。「注文したものは残さない」という僕の信条のなせる業であった。勘定のとき、僕たちは割り勘した。食べた量は僕の方が圧倒的に多いのだから、普通は割り勘であることに大いに感謝すべきなのだが、胃袋を破裂寸前の状態にされた現状では、彼女の方がもっと多く支払うべきだと、到底納得がいかなかった。

女の「お腹が空いた」という言葉と胃袋を信用するな。僕が鶴橋で学んだ唯一のことである。

洋食

木製品で占められた、重厚感がある店の壁には、絵がたくさん飾られている。画廊レストランと自ら名乗るだけはある。

上手と下手、似ている、似ていないの四語ぐらいしか、芸術作品に対する批評の言葉を持たない僕にとって、興味があるのは、絵ではなく食べ物である。僕自身が近眼であることもあり、店には申し訳ないが、店内に飾られた絵に積極的に目を向ける姿勢に乏しい。

僕たちは一番安い、千五百円の洋食ディナーコースを早速注文する。

スープ、サラダ、メインという順に、料理を一品ずつ提供してくれる。安いコース料理とはいえ、本格的なコースメニューを味わう気分にさせてくれる。

僕たちが一品を食べ終わったら、次の一品をすぐに出したいためなのか、シェフが僕たちの食べる様子を、終始凝視している。市原悦子が演ずる家政婦でさえ、柱や扉の「陰」から見ていたが、シェフは、柱の「表」から僕たちをじっと観察している。シェフから注意深く見られることで、僕はいつも以上にテーブルマナーに気を遣い、僕の体に緊張が絡みつく。

最後のコーヒーが出されたことにより、シェフの熱視線からようやく解放された。僕は心からほっと一息ついた。

自由律俳句 2

今年最高の脇汗だ

下手くそが熱唱してる

待合室に流れるテレビ体操を皆で静かに見る

スウェットの彼は絶対音感の持ち主らしい

半袖では肌寒いと言うお天気のお姉さんがノースリーブを着てる

その世界ではマドンナなのだろう

美容室で「はい、大丈夫です」と言い続けた結果

社長が山田様を山口様と呼び続けている

改名の効果があったかは知らない

名物の温泉が熱すぎて入れない

忘れ去られた風船がしぼまない

あから順に声に出したが出てこない
当てもなく四脚買う
あの審査員を知らない
ＩＫＥＡの思うつぼだ
色白だったらしい

おたまを人のそばで振るな

思い出せないまま四時間過ぎた

飼い犬の排泄を急かす

カラスより案山子に驚く

聞き取れたのは固有名詞だけ

切った爪を燃えるゴミに分別する

ぎりぎり二重まぶた

結果的に山の日に山に行った

このままだと担任とペアを組まされる

衣替えを焦り過ぎた

サンタ帽を被らされている

常連客が外国人店員を指導してる

趣味の店と言う割にお金の匂いがする

星座占いに一喜一憂したのはついさっきだ

その説だけは受け入れられない

これは席取りの意思表示か
体重計を二度見する
だからコートは必要ないと言ったのに
小さな娘の食欲がＯＬ以上
出先で気になるルンバの安否

天気予報を信じなかったからだ

とうとう丼にしたか

突然だったがアップリケと言えた

長い名の商品の注文を諦めた

二度と後ろ姿に騙されないと自分に誓う

寝癖をおしゃれと見誤る
眠くないと言ったくせに
羽生結弦のクリアファイルの保管場所に困る
不惑で知ったドラえもんの正しい描き方
帽子をぬがなければよかった

まさか空き缶がこちらに転がってくるとは

見覚えのないパンツが紛れている

無謀にもグレーのTシャツを着て来た

元球児の秋の髪型

L'Arc-en-Cielのライブに一人で行かされる

卒業旅行記

たぶん人生最後の卒業式

「似合わない」。鏡の中の見慣れないスーツ姿の自分を見て、僕は思わずそうつぶやく。今日は、長かった、いや、自ら長くした大学生活の最後の行事、卒業式が行われる日。そのため、普段着慣れないスーツを身にまとった。卒業後、サラリーマンにならない僕にとって、このスーツ姿からもいったん卒業だ。次に着用するのは、友人の結婚式であろうか。違和感に満ちた自分のフォーマルスタイルであるが、しばしの別れを思い、今日一日は素直にお付き合いすることにする。

折り畳み自転車に乗り、卒業式会場の京都大学体育館へと向かう。スーツと自転車という組み合わせにアンバランスさを感じる僕は、自転車に乗るサラリーマンを街角で見かけるたびに、嫌悪感を抱いていた。しかし今日の僕は、その組み合わせそのものだ。とはいえ、自宅マンションから体育館までは歩くと三十分はかかる。履き慣れない革靴で歩くことを考えると、間違いなく靴ずれになる距離だ。ポリシーに反するが、仕方がないと自分に言い聞かせ、ペダルを踏んで漕ぎ始める。

体育館前に到着。すでに多くの卒業生たちが集い、仲間同士で輪を作り談笑している。仲間と言える人がいない僕は、人が誰もいないスポットを見つけ、そこを自分の居場所とする。

スポットに手持ち無沙汰でいると、僕の周囲で話をする卒業生たちの声が自然と耳に入ってくる。そして僕の目の前にいる男性陣の声から、彼らはどうやら「なんちゃって卒業生」であることが分かる。つまり、その理由は知らないが、彼らは全員、一度目の留年が決定していて、今日巣立っていく友達を祝うため、わざわざスーツを着用し、卒業式に参列すべく、この場にやって来たようだ。留年することに少しも恥じらいを見せない彼らに呆れ、留年二年で今日静かに卒業していく僕はその場を離れ、式会場の体育館に入場する。

体育館に入るのは入学式以来である。いや、あと一回ぐらいは入ったような気もする。いずれにせよ、前回の入場から長い年月が経っていることに間違いはない。ほとんど縁のなかった体育館に特別な感情が湧くはずもなく、僕は「総合人間学部」と示された座席列の一つにさっさと座る。

式が始まるまで何もすることがなく、漫然と過ごしていた僕に、後方の座席から「前田さん」と呼ぶ声がある。振り向くと、二年間同じゼミに所属していたF君だ。F君は友人のN君と一緒だったので、僕は軽く挨拶をして再び前方に向き直る。

それにしても、F君が僕を「さん」付けで呼んだことで、僕が留年したことが周りの人々に知れ渡ったのではないかという、今さらの心配をする。僕を「さん」付けで呼んだF君にしても、年数は一年とはいえ、留年している。彼の横に座るN君は、僕と同様、留年二年であり、大学在籍年数という点で、F君が僕たち三人の中で経験値が一番低い。そうすると彼が「前田さん」「Nさん」と呼ぶのは仕方がない。

突然、オーケストラ部による、交響曲が演奏され始める。とうとう卒業式が始まるのかと身構えたが、式は始まらず、その曲を思いのほか長い間、会場にいる人々と共に聞くことになる。

始まりと同様に、突然、演奏が打ち切られ、「校歌斉唱」というアナウンスが会場内にこだまする。会場内のそこかしこで繰り広げられていた、思い思いの会話は一斉に止み、「全員起立」の合図でみな立ち上がる。

なんちゃって卒業生を含め、おそらく三千人近くの卒業生を僕は一望する。背の高さだけならば、僕は上位五パーセント以内であることが分かる。多くの京大卒業生を見下ろす位置にあることに、学力と人生設計で彼らに劣る僕は純粋に喜びを感じる。

校歌を歌うのは二回目だ。入学式と、そして今である。会場入口で歌詞付きの楽譜を渡されたのだが、どのような校歌であったか記憶になく、今こうして校歌が演奏される段階になっても、記憶が蘇ることはない。早稲田大学校歌ならば、カラオケで何度も熱唱したが、京大校歌にはついぞ縁がなかった。京大校歌はカラオケに入っていないので、この卒業式が京大校歌を歌う、生涯最後の機会になるかもしれない。僕は館内に流れる音と、手にした楽譜に必死に喰らいつき、何とか歌い遂げる。

続いて卒業証書授与式が行われる。各学部の代表が順に壇上に上がり、学長から卒業証書を手渡される。

それが理学部の番になったとき、仮装した理学部代表一団によるパフォーマンスが始まった。テレビのニュース番組で観たことはあったが、目の当たりにするのは初めてだった。近眼のため遠くがよく見えないこともあり、何をしているのかよく分からない。

僕の近くにも、文金高島田のかつらをしたスーツ姿の男や、全身ナースルックの女などがいる。そのような装いにしろ、前で行われているパフォーマンスにしろ、それを笑ったり、冷やかしたりと、何らかの反応を直接示す仲間がいるからこそ、できるのかもしれない。この場に親しい人がいない僕がそのようなことをしたとしたら、遠巻きにしてひそひそ話のような間接的な反応を示されるだけであろう。

やっぱり友達って良いな。苦笑や冷笑が多く交じる、パフォーマンスに対する館内のどよめきをよそに、それでもパフォーマンスを続ける理学部代表一団を見ながら、僕はそんなことを思った。

卒業証書授与式が終了し、おそらく延々と続けられるに違いない、学長の式辞が始まった。式辞を要約したものが、今日の夕刊か翌日の朝刊に掲載されるであろうから、僕は聴覚を開店休業状態にする。

僕が想像していたよりも短時間で学長の式辞は終わる。間髪を容れず「蛍の光、斉唱」というアナウンスが入る。そして「一同、ご起立ください」という合図でみな立ち上がる。

小中高を通じ、公的な場はもちろん、私的な場でさえ、僕は蛍の光を一度も歌ったことがなかった。正しく知る歌詞は初めの「蛍の光　窓の雪」だけである。この部分を歌い切った後は、ハミングを多用しながら、だましだまし歌い続ける。

蛍の光に縁はなかったものの、パチンコ店の閉店間際のBGM等を通じ、「蛍の光＝終わり」という等式が僕にしっかり刷り込まれていたようで、蛍の光を実際歌うことで、卒業することを強く実感した。人知れず（僕を見るような仲間はこの場にいないので、「人知れず」となるのは当然といえば当然だが）、僕はうっすら涙を浮かべた。

感情の高ぶった僕をよそに、「これで卒業式を終わります」というあっさりとしたアナウンスが入る。興ざめした僕は体育館をさっと出て、自身が在籍した総合人間学部の、代表者以外の卒業証書授与式が行われる総合人間学部1号館へと向かう。

1号館のある教室に総合人間学部卒業生が集まったところで、総合人間学部長の式辞が始まった。その挨拶の中で「みなさんのほとんどが社会の根幹となっていくでしょう」という言葉があったが、僕はともかくとして、扉近くで不気味にそびえる、文金高島田のかつらをした男も社会の根幹になっていくのかと一瞬疑問を感じたが、しかし根幹になっていくのだろうと、理由なき確信が僕の中に最後に残った。

学部長の式辞が終わり、次は館外で学科ごとに写真撮影が行われた。このとき、同じ教授の下で卒論を書いたSさんと会う。彼女は何とチャイナドレスを着ている。同じ担当教授であるという関係程度に彼女と親しくしていた僕は、彼女にしては思い切ったその衣装にそれなりの言葉を掛ける義務がある。だが正直、その装いで褒めるべき点を見つけられない。途方に暮れた僕は、チャイナドレスが半袖であるのに着目し、ようやく「寒くない?」という言葉をひねり出す。おしゃべり好きな彼女、僕の苦労の末の一言を受けて、十を返してくれる。こうして大学最後の苦難を何とか乗り越える。

ほとんど知らない人との写真撮影を終え、館内に戻る。今度は学科ごとの卒業証書授与式が行われた。あ行の人から順に呼ばれ、証書を手渡されていくのだが、ま行になっても僕の名前が呼ばれない。まさかの卒業失敗か。しかしすぐに例の法則を思い出した。京都大学では名前の順と共に、「留年順」が何事にも重用される。つまり、まず留年しなかった人から呼ばれ、次に留年一年の人が、さらに次に留年二年の人が呼ばれる。なので、僕が所属する留年二年が呼び出されるのはまだ少し先の話である。こうして卒業失敗は未遂に終わったが、留年二年の汚名は最後までそそがれることはなかった。

総合人間学部では、例年、四回生の三分の一が就職、三分の一が大学院へ進学、そして残り三分の一が留年する。映画監督デビューを果たした者など、才気あふれる留年生もいるとはいえ、このように大量の留年生を毎年生み出す総合人間学部、自分も加担したとはいえ、これでいいのか。

三廻り目でようやく自分の名前が呼ばれる。手渡された大きめの卒業証書を少し見ただけで、僕はそれを証書用筒にしまう。そして、「これで卒業証書授与式を終わります」という知らせがほどなくしてあると、僕は教室を飛び出す。それは、下宿アパートに戻って『笑っていいとも!』を観たいということもあるのだが、そのあとに控える、三度目の卒業旅行に向けたロケットスタートでもある。

二度あることは無理矢理三度にする

三度目の卒業旅行。今回の卒業が僕の三度目の大学卒業、というわけではない。過去二度は、友人の卒業を記念する卒業旅行であった。今回はとうとう、僕自身の卒業を記念する卒業旅行である。

一度目は、留年もせずに卒業する友人Y君と、世界一周旅行で一年休学した友人S君と共に和歌山へ、二度目は、世界一周旅行で一年休学した後に卒業する友人S君と、大学院一年生の友人と共に香川へ行った。今回は、最終目的地を盛岡とする、一人ぼっちの旅行である。一人ぼっちといっても、行く先々で友人宅に泊まる予定だ。

一日目の今日は、新幹線で東京まで行く。そこで、留年もせずに卒業して富士通社に入社して社会人二年目のY君と、世界一周旅行で一年休学した後に卒業して東京大学大学院に進学した友人S君と会うことになっている。

無事卒業証書を手にして下宿アパートに戻った僕は、卒業証書を実家にファックスで送る。これが今の僕ができる最大の親孝行であろう。卒業証書が電話に吸い込まれて出てくるまでに要した時間は一分足らず。一分でも親孝行。

昼食を手早く済ませ、卒業証書と一緒にもらった紅白饅頭の箱を開けてみる。中には二つの包みが入っている。その一つを開けると、大きい赤饅頭が出てきた。早速食べてみる。甘い。この饅頭のように人生も甘いものだったらいいのにと、夢のようなことを考える。

それにしても、食べても食べても、饅頭は減らない。縁起物だから、紅白両方を一気に食べようと思っていたが、できそうもない。白饅頭をこの部屋に残し、出発することにする。

旅行かばんを持ち上げる。重い。五日間の旅行なのに、この重さである。旅は非日常を求めるものなのだろうが、僕は旅の細部に日常を求める傾向にある。歯磨き粉はいつものようにアクアフレッシュを使いたいし、就寝前はいつものようにニベアクリームを顔にたっぷり塗りたい。そんなものをかばんに詰め込むから、結構かさばる。

かばんの重みを肩にずっしり感じながら、僕は地下鉄三条駅へと向かう。三条駅から地下鉄に乗り、烏丸御池駅まで行く。そこで路線を乗り換え、京都駅へと向かう。京都駅に着くと、新幹線の切符を購入するため、みどりの窓口へ行く。

七日後に学生でなくなる僕にとって、これが学割を使用する最後の機会だ。窓口で学校学生生徒旅客運賃割引証と学生証を提出し、東京までの新幹線自由席の切符と、明日から使用する青春18きっぷを買い求める。人生最後の学割の瞬間に感傷的になっている僕を尻目に、窓口担当は業務をてきぱきとこなし、早くも切符とお釣りを僕の前に差し出す。この迅速で正確な仕事に今日の僕は憤りさえ覚える。

お菓子と飲み物を買って、僕は新幹線に乗る。「飲食する」「本を読む」「寝る」のパターンを何度か繰り返し、午後五時過ぎに東京駅に到着する。

Y君に電話をする。午後六時に仕事を切り上げ、僕に電話をするとのこと。ほどなくして、S君から電話がかかってくる。東京駅に今着いたことを伝え、東京駅まで来るよう言う。Y君に指示された丸の内北口へ行く。

年度末の忙しいこの時期、社会人二年目のY君が、本当に午後六時に仕事を終えることができるのか。僕は不安に感じていたのだが、果たして、午後六時ちょうどに電話がかかってきた。案外暇なのか。今、会社を出たとのこと。駅舎を出て、目の前の横断歩道を渡って来るよう指示される。東京をよく知らない僕は、指示どおり、恐る恐る行動する。

歩道を行き交うビジネスマンたちの中から、僕の名を呼ぶ声がする。その声の方を見ると、少しふくよかになったY君がいた。彼とは一年数か月ぶりの再会である。

「タッチおじさんメールという無駄なソフトを、パソコン本体に抱き合わせて売るな」という言葉を、自宅ノートパソコンは日立社製にもかかわらず、富士通社に勤務する彼との、ウイットに富んだ再会の挨拶代わりとする。

彼の言うままに、地下鉄で銀座駅へと向かう。全国各地に点在する、「自称」銀座に行ったことは何度もあるが、「本家」銀座は初めてだ。表情には出さないが、僕はそのことに少し興奮する。

銀座駅に着き、地下から地上に出る。銀座の街並みをちょっと見て、以前行った仙台の街並みにすごく似ているように感じる。本家の銀座なのに。

Y君は行くべき店を心に決めているらしく、迷うことなく僕を先導する。行き着いた先はドイツ風レストラン。つまり、主にビールとソーセージ、ジャガイモ、チーズを提供する店だ。

席に着いて、早速注文する。運ばれてきたビールで、お互いに照れながら再会の乾杯をする。乾杯が終わると、関西に住む共通の友人の消息を、Y君はしきりに尋ねてくる。僕も知る限りのことを答える。彼は「こういう機会でないと、電話はできない」と言いながら、その友人たちに次々と電話をする。その電話魔ぶりを見ると、こういう機会でなくても、Y君ならば、電話を十分できるはずだ。

S君から電話がかかってくる。銀座駅まで来るよう言う。再びS君から電話があり、銀座に着いたとのこと。Y君がS君を迎えに行く。彼らは同じ東京に住みながら、数年来会っていない。

Y君の後について、S君が店に姿を現す。S君は僕を見るなり、「何でもう赤パンダやねん」と第一声を上げる。少量の飲酒で目の周りだけが赤くなる現象が起きているのだろう。自覚している生理現象とはいえ、そのことを面と向かい指摘されると、恥ずかしくて、目の周りだけでなく、僕の顔全体が赤くなる。

みなでテーブルに残った食べ物を平らげ、近くの立ち飲みバーへ移動する。

Y君とS君が外資系企業について語り始める。僕の友人たちは、一部を除き、社会人なのであるが（二十五歳だから当然と言えば当然）、彼らの生活の中心は仕事であり、そんな彼らと同席すると、自然、仕事の話題となる。社会人二年目のY君と、目下就職活動中のS君とて同じである。一方、僕は、晴れて大学を卒業するが、定職に就くわけではない。実社会での生活を拒む僕は、彼らの話に口を挟む権利も勇気もない。僕は黙って甘いカクテルを飲む。

それから話題は、僕にも多少口を挟める女子のことやスポーツへと広がっていき、頃合いを見て会は終了となった。いつにもまして人恋しさを露わにして別れを惜しむY君を振り切り、今日の宿となるS君の下宿アパートへと向かう。

S君のアパートでシャワーを浴びて寝支度を整えた後、部屋に戻ると、S君はすでに寝ていた。時間はもう午前一時半。僕も今日の起床時間を思い、髪が全く乾いていないが床に就く。

午前五時半になろうとしたその瞬間、僕はかっと目を見開く。そして、午前五時半にアラーム設定をした目覚まし時計を、その役割を果たす前にオフにする。僕の体内時計はいつもどおり、目覚まし時計の一歩先を行っている。僕の辞書に「目覚まし時計」という文字はない。

素早く身支度を済ませ、熟睡するS君に黙って別れを告げ、最寄駅へと向かう。

S君は今日午後の飛行機でアメリカへと向かう。アメリカのどこかで学会発表だそうだ。アメリカのどこかまで飛行機でどのくらい時間がかかるか知らないが、彼がアメリカに着く前に僕は果たして、本日の目的地、盛岡に着けるのだろうか。青春18きっぷで行くと、盛岡は東京から果てしなく遠い。

午前六時、僕は西武多摩川線の列車に乗車した。長い一日になりそうだ。

桜前線からの逃避行

西武多摩川線でJR武蔵境駅へと向かう。武蔵境駅でいったん改札を出て、青春18きっぷに今日の日付のスタンプを押してもらう。そこから中央線で新宿駅まで、新宿駅から山手線で池袋駅まで、池袋駅から京浜東北線で赤羽駅まで、赤羽駅から埼京線で大宮駅まで行く。首都圏の所要時間を短くするため、何度も乗り換えたのだが、結局、武蔵境駅から上野駅まで、上野駅から大宮駅まで行く当初考えていた単純なルートの方が、所要時間を短くできたことが後から分かる。順調ではない滑り出しだ。

大宮駅で東北本線に乗り換える。この路線が盛岡はおろか、青森までつながっている。子供たちが隣り合う車両を行き来し、その連結部のドアの開閉を繰り返す。いつもの僕ならば、すぐにいらいらするところだが、今日の僕は旅人である。おおらかな気持ちでその様子を見守る。だが、彼らの反復動作が度を過ぎてきた。旅の魔法が解け、僕はいつもどおり、いらいらし始める。

朝早く起きたこともあり、知らぬ間にうたた寝した。気付いたときは、栃木県の黒磯駅。ここで列車を乗り換えるのだが、出発するまで四十分近くある。ひとまず改札を出ることにした。

駅舎を出て、近辺の観光スポットが示された地図看板を見る。那須温泉などが近くにあるのだが、近くといっても車で数十分かかる。観光を諦め、知らない街の、知らない駅の待合室で、ひとりで、ぼうっと過ごす。

再び列車に乗る。黒田原駅付近で雪が舞い始める。僕のそばに、中学生らしき四人の少年がいる。彼らも東京から来たのだろう、三月下旬の雪に一様に驚きの声を上げている。かばんの大きさからすると、彼らは泊まりがけでどこかに行くらしい。僕と同様、卒業旅行なのかもしれない。

しばらく読書にふける。車外が先ほどにも増して暗くなったことに気付く。顔を上げて窓の外を見ると、いつの間にか吹雪いている。

ほどなくして白坂駅に到着。駅名看板の「白坂」と書かれた下に、「福島県白河市」とある。とうとう春の東北、いや、外は吹雪いているのだから、関西在住の僕にとっては、真冬の東北に突入である。

この白坂駅で、同じボックス席に座っていた一人の老婦人が立ち上がり、「どうもおじゃましました」と僕に声を掛けて下車した。その装いから、彼女はトレッキングに行くようなのだが、外は暴風雪である。彼女の姿を見たのが、僕が最後にならないよう、彼女の無事を願う。

その老婦人と入れ替えに、三人の少女が僕のボックス席にやって来る。白河市は福島県とはいえ、栃木県との県境にあるからであろう、彼女たちが話す言葉は栃木弁である。あからさまに耳をそばだてて、彼女たちの話を盗み聞く。彼女たちは高校を卒業したばかりで、そして、三人のうち二人が大学進学のため上京するようだ。

それにしても、彼女たちはゆったりとした話しようだ。それに対し、都会の少女はかなりの早口だ。上京する二人は、早口でまくしたてられたとき、言葉を一つでも差し挟むことができるのだろうか。偶然席が一緒になった関係でしかない二人の東京進出に、僕は少なからぬ不安を真剣に抱いた。

窓の外を見ると、一面雪景色。その光景に彼女たちも意外に驚いている。どうやら、この季節のこの積雪は、福島県とはいえ、異常気象の部類に入るようだ。

郡山駅が近づく。盗み聞いた彼女たちの会話を解読すると、映画を観に郡山に行こうとしていることが分かる。高校最後の思い出作りのために、心に残る映画を一緒に観てほしい。そうなると、映画はやっぱり『ドラえもん　のび太の……』か。

窓の外を見ていると、田園風景が広がる中、「奈良の柿」と書かれた大きな看板がぽつんと立つのを見つける。ここ福島で、生まれも育ちも関西の僕が、奈良の柿を初めて見る。奈良県の営業戦略は成功だ。

東北人は全般に薄着である。今回の東方旅行に備えてクリーニングに出さなかったダッフルコートを、僕は今着ているが、車内を見渡せば、Gジャンやパーカーといった薄手のものしか羽織っていない人が圧倒的に多い。この地まで桜前線が北上してくるのはまだ先の話だが、春コーデ前線は関西や関東を通り越し、すでにこの地にやって来ている。

中学生らしき例の四人の少年たちも、僕と同様、北への旅を続けている。

列車が川に架かる橋を通り過ぎた直後、車窓の風景を眺めていた彼らは前に向き直り、真剣な表情で「かがわ」と連呼した。かがわとは一体何か。四国の香川か、それとも、ドカベン香川か。僕は考える。

しばらくして、彼らのうち一人が思い出したように、あれは「かせん」と読むことを言い始める。今さっき、川を渡ったことからすると、川岸に設置された標識に示される「河川」を「かがわ」と読んだのではないか。しかし他の三人は、それが本当に「かせん」と読むべきものなのか判然としない。これ以上大切な何かを失わないように、目にした漢字を安易に読み上げないことを彼らに願う。

福島駅を過ぎると、雪が止み、太陽が数時間ぶりに顔を出す。残雪もいつの間にか見られなくなった。

まもなくして、宮城県の仙台駅に到着。列車が再び出発するまで一時間ほどある。遅めの昼食を取ろうと、僕は改札を出る。

昨夏、この地に住む友人を訪ね、仙台に来たのだが、そのときの東北らしからぬ異常な蒸し暑さと、その友人宅の、すでに取り返しのつかないところまで進展してしまった「家屋汚染」を見たことにより、暑がりで几帳面な僕の中で、仙台の街の印象がどうも悪いものになっている。そのようなこともあり、仙台の街に再び足を踏み入れることが憚られ、僕は駅舎内で飲食店を探すことにする。

仙台名物、牛タンを食べようと思ったが、自分の旅行かばんの重さに屈し、改札近くのそば屋に入ることにした。

天丼セットを注文して一息ついた僕は、久しぶりに車外の空気を満喫する。店内のラジオからは、センバツ高校野球の実況中継が流れている。ふと窓の外を見ると、ちらほらと雪が舞っている。関西から遙か遠くにやって来たことを思う。

天丼セットに付いていたそばの、慣れない黒いつゆをほとんど残し、僕は店をあとにする。

列車に再び乗り込み、仙台駅を出発する。

ローカル線では、乗降客自身が乗降扉付近のボタンを押すことで、扉の開閉を行う場合がある。この列車もそうだ。主要駅以外では乗降客がほとんどいないので、車内の熱を逃がさないために、このシステムは有効だ。しかし、岩手県に入った今、扉がひとたび開かれると、仙台よりもさらにグレードアップした冷気が車内に一気に吹き込み、その一瞬の寒さで僕の体は瞬間冷凍される。

車内の女性の電話が鳴る。「一ノ関駅に四時二十四分に着く」「……」「こっちは晴れているよ」「……」「じゃあ、迎えに来られない？」

一ノ関では、駅に迎えに来られないほどの何が起こっているのだ。大雪か、暴風か、暴風雪か。女性の声だけではすべての事情が分からず、不安が募る。

再び女性の電話が鳴る。「じゃあ、迎えに来てくれる？」

事態は迎えに来られる方向に収束したようで、僕も胸をなでおろす。

平泉駅を過ぎて、太陽は再び厚い雲に遮られ、車窓の風景も一転、本格的な雪景色になる。列車に乗り始めてすでに十二時間近く経った。来るところまで来た。窓の外の雪原の、その引き込まれるような白さの仕業か、僕は再び眠りに落ちる。

花巻駅に到着。ここからバスに乗り、出発前から行こうと目論んでいた花巻温泉へと向かう。

駅から遠ざかるにつれ、人をはじめ生命体の気配がどんどん消えていく。一体どこに連れて行かれるのか。心中穏やかでない。突如、巨大なホテル群が現れる。花巻温泉だ。バスを降り、ホテル群の中から一つのホテルを選び、そこの日帰り温泉に行く。

建物の大きさに違わず、浴場も広い。長時間、狭い列車内で座り続けていたので、その開放的な空間にいるだけで、温泉に浸からなくても、心身とも疲れ果てた僕は癒やされる。

温泉を心行くまで堪能し、ホテルの外に出る。途端に風雪が僕の体をたたく。最終バスはとっくに出発してしまっている。体が冷える前に、僕はタクシーに乗り込む。

JRの駅で一番近い駅がどこか、僕は運転手に尋ねる。花巻温泉駅とのこと。そこに行くようお願いする。

車内はしばらく、無言の状態が続いたが、「路面は凍っていましたか？」という言葉を皮切りに、盛岡の寒さをテーマとする運転手独演会が始まる。「最高気温が0度以下の真冬日が年に何度かある」「8度なら暖かく感じる」など、関西以外で暮らしたことのない僕にとって寒い話の連続。その寒い話一つひとつに、僕は凍えて声にならない驚きの声を上げる。

そして彼は、「今の温度はマイナス1度ぐらいで、このくらいの温度になると、ちょうど路面が凍り始めるんです。こういう状態が一番スリップしやすくて、怖いんですよ」とこともなげに言う。

そう言った直後の交差点で、車はスリップする。朴訥とした語り口だが、その言葉の端々に凍結路面走行に対する自信をみなぎらせていた彼は、有言実行で表情が一変し、「大丈夫ですか？」という僕の心配の言葉もよそに、運転に専念し始める。

花巻温泉駅に到着し、あれ以来、すっかり無口になった運転手に「お体に気をつけて、お仕事頑張ってください」と言い残し、僕はタクシーを降りる。

駅は夜間、無人駅。待合室にいるのは、僕ひとりだけ。僕の乗る列車到着までは、一時間ある。駅舎外では、さらに勢いを増した風が降りしきる雪を蹴散らす。

列車の発車時刻近くになり、僕は待合室を出て、下り行きのホームへと向かう。発車の定刻となったが、列車が姿を現す気配は全く感じられない。一分、二分と時間が経過する。状況に変化はない。この風雪で遅れているのだろうか。僅かな遅れでさえ、「夜の孤島」と化したこの駅にひとり佇む僕にとって、絶望的な遅れに思える。

五分後、悪びれる様子もなく列車が到着。扉近くの開閉ボタンを早押しクイズチャンピオン並みに早押しし、列車に滑り込む。

午後九時。今日列車に乗り始めてから十五時間。遂に目的の盛岡駅に到着する。気持ち悪くなるほど腹が空いた僕は、改札を出て、駅前の通りにある中華料理店に入る。ニラレバ定食を注文した後、テレビから流れる明日の天気予報を観る。明日の岩手県地方は、最高気温が0度未満の真冬日となるとのこと。その予報に僕は驚くが、予報に我関せずと見向きもせず黙々と食べ続ける他の客の様子にさらに驚く。

店を出て、今晩自宅に泊めてもらう積水樹脂社東北北営業所勤務のK君に電話をする。出ない。「電源を切っているか、電波の届かない……」まで聞いたところで、電話を切る。この四月に仙台への転勤が決まったK君は、今日、その送別会を開いてもらっている。時間を考えると、会もちょうど盛り上がっているのであろう。時間を潰せるところをあたりで探すが、何もない。仕方なく盛岡駅に戻る。

駅舎内で何度か電話をするが、やはりつながらない。建物の中とはいえ、ガラス越しに冷気に触れているので、外にいるのと大差はない。たまらず暖房の効いた「みどりの窓口」内に移動する。

午後十一時。最終列車が出発したため、頼みの綱の「みどりの窓口」も閉鎖される。僕は一段と寒さの増した駅舎内に放り出される。

外からタンバリンの音が聞こえてくる。ガラス越しにその音のする方を見ると、二人組のストリートミュージシャンがいる。彼らの演奏を聴く者は、いない。そもそも駅前に彼ら以外、誰もいない。

タンバリン奏者は、タンバリンを激しくたたいている。僕がこれまでの人生で見たタンバリン演奏の中で、一番激しい。この寒さだ。タンバリンは、演奏上必要というよりも、体温が低下しないよう、体を動かすために必要なのかもしれない。

しばらく演奏を遠巻きにして見ていると、ようやくK君から電話がかかってくる。彼の住むマンションまで直接来るよう言われる。ミュージシャンに無言の別れを告げ、タクシーに乗る。

午後十一時半、K君の自宅マンション前に到着。郵便物を取るためか、一階の郵便受けのところに来ていた半袖・半パン姿の彼を見つける。この寒さの中、何故、半袖・半パン姿なのか、その理由は分からないが、理由を聞くと話が長くなりそうなので、聞かなかった。

マンションに着いて早々、K君の部屋の隣に住む、彼と同期入社の隣人（以下、隣人君）の部屋に通される。この隣人君にK君は、僕が以前書いた書き物を見せていたようで、隣人君に「あの前田君か」と言われる。「あの」という言葉がどのようなニュアンスが含まれているのか謎であるが、いずれにせよ少々照れくさい。

隣人君を含め、急遽三人での宴が催されるが、彼らも送別会で疲れているらしく、会はしばらくしてお開きとなった。

K君の部屋に通され、自分の旅行かばんを床に下ろす。やっと移動することから解放され、僕は一息つく。

K君から明日の予定について大まかな説明を受け、その原因は両者全く異なるが、疲れ果てた彼と僕は、すぐに深い眠りに落ちた。

さらに北へ

僕は自宅以外で眠ることにストレスを感じるたちで、旅に出ると、なかなかゆっくり眠れない。昨晩遅くに寝たが、午前六時半に起床。K君は爆睡中。

昨晩、K君から聞いた予定によると、今日は、午前十時十九分盛岡駅発の特急はつかりで八戸駅まで行き、その駅近くにある中古車販売店で彼が購入した中古車を受け取り、その車でそのままドライブすることになっている。

午前七時、こたつで寝ていたK君は目覚め、寒いから僕が使っていた敷布団で寝たいとのこと。すでに布団から出て行動を開始していたので、僕はそれをもちろん受け入れた。ただ、彼が寒く感じるのは、こたつで寝ていたからではなく、半袖・半パンで寝ていたからなのは明らかだったが、それは言わずにおいた。

午前九時、コンポの目覚まし機能が動き出す。その目覚まし用にK君がセットしていたCDは、さらに深い眠りへといざなう童謡曲集であった。それでも彼はその子守唄然とした旋律に見事反応し、コンポのスイッチを切る。そのまま起き上がるかと思えば、彼はまた夢の世界に戻った。

時間は刻々と進む。このままだと予定の特急には間に合わない。K君を叩き起こしたいが、昨日の彼の疲れた様子と、客の立場としての僕の遠慮から、起こすことができない。彼の自主的な起床を待つことにした。

午前十時、眠ることへの未練を残す態度をありありと見せながら、K君はようやく布団から出てきた。予定の特急に乗るのは諦め、午前十一時三十九分発の特急はつかりに乗ることを確認し合う。

K君は味噌味の即席ラーメンを作り出す。でき上がる直前に、腐っているかもしれないと言いながら、卵をその中に落とす。それを彼はがつがつと食べ始める。胃にこたえるものを寝起き直後に平気で食べる彼に、限りなく怯えに近い敬意を払う。彼が一緒に食べることをしきりに勧めてきたが、腐卵による腹痛を警戒し、僕はそれにほとんど箸をつけなかった。

K君の自宅マンション近くからタクシーに乗り、盛岡駅へと向かう。昨日は、人通りの少ない、寂しげな夜の盛岡を見たが、昼間の盛岡は、日曜日ということもあってか、人の行き交う姿がそこかしこに見られた。昨晩は、刺すような夜気の中、息絶え絶えに林立しているように見えたビル群も、人々のその活発な動きと、柔らかな太陽の光を浴びることで、生き生きとして見える。

盛岡駅から特急はつかりに乗り、八戸駅へと向かう。

八戸では、風は盛岡よりもさらにその冷たさを増していた。その冷たさに反し、積雪は全く見られない。K君によると、太平洋側の八戸は雪が積もらないそうだ。

タクシーに乗って、中古車販売店へと向かう。

中古車販売店に到着。K君が車を受け取る間、僕は近くにある、飲食店の入った市場で昼食を取ることにする。

昼時であり、どの店も行列ができるほどの混雑ぶり。僕はその中でも、比較的空いている店に入った。

にぎり寿司ににゅう麺が付いた寿司セットを僕は注文する。にぎり寿司は、量・質ともに八戸が日本有数の漁港であることを十分に感じさせるものだった。予想どおり、味噌ラーメンで気分が悪くなり、昼食を抜かざるを得なくなったK君にも、これを食べさせたかった。

納車仕立ての車に乗り込み、ドライブを開始する。「どこに行きたい？」とK君に尋ねられたが、北東北に関して全く無知で、その「どこ」さえも思い浮かばない。行き先は、彼に任せることにする。

Ｋ君が最初の目的地とした、蕪島（かぶしま）に到着。この島は、ウミネコの繁殖地として、国の天然記念物に指定されているらしい。なるほど、島はウミネコで一面、覆われている。そしてこのウミネコたちは、人慣れ・車慣れしており、その活動範囲は駐車場まで及んでいる。車を全く怖がらないウミネコに手を焼きながら、ようやく駐車を終える。

車から降りる。ウミネコがそこら中にした糞の多さに驚く。ここに長居すると、Ｋ君の車の、紺色のボディが、臭い白色に塗り替えられるだろう。

蕪島の頂上につながる階段を上がる。島はウミドリでできているのか。そんな愚問を言いたくなるようなウミネコの数である。島を真っ白に染めたウミネコのさまは、ヒッチコックの恐怖映画『鳥』に負けていない。

島の頂上に小さな神社がある。神聖なその場所も、例外なく、糞被害にあっている。狛犬は白い涙を流している。神さえ恐れぬ、ウミネコである。この島では、ウミネコこそ神なのかもしれない。

神社の裏側に出ると、猛烈な冷たい海風が僕たちをたたく。四月を目前にして、僕は今年一番の寒さを体験する。

強い寒風に耐えかね、駐車場に戻る。Ｋ君の車は、白紺の斑模様に染め上げられていた。ウミネコがその場を動こうとしないため、車を駐車場から出すのに手間取ったが、何とか蕪島から脱出する。

K君は、行き先を僕に告げ、車を走らせ始める。その行き先が僕の見聞きしたことのない地名なので、どこに向かっているのか分からない。最終的に彼の自宅のある盛岡に帰るのだから、車はたぶん、南に向かって走っているのだろう。

車は岩手県山形村に入る。「岩手」県なのに「山形」村というのは、いわば「大阪」府なのに「京都」市のようなもので、少し不思議な感じがする。

岩手県に入って標高が上がったということもあり、道はいつしか、雪道に変貌を遂げた。K君の車はスノータイヤを使用しているので、雪道もそのまま走行できるが、一年に一度、積雪があるかどうかの関西に住む僕にとって、雪の上を走る際はタイヤチェーンを着用するという観念が強い。彼の乱暴な運転も相まって、僕はこの雪上走行に不安を覚え始める。さらに追い打ちをかけるように、実はすでに何度か軽いスリップを起こしていたことを、彼は笑みを浮かべながら自白する。そのことを知った後、僕は車の微動にも敏感に反応するようになる。雪が道から消えるまで、緊張が僕の体にまとわりついて離れなかった。

あたりもすっかり暗くなった頃、盛岡に到着。K君は、岩手県内の、彼が今まで行ったことのなかった場所に行けたことに満足げな様子であった。僕は、ウミネコとその糞、そして雪道と、白いものにおびえ続けた一日であった。

夕食を外で済ました後、K君の自宅マンションに戻り、一週間後に控えた、彼の仙台への引越しの荷造り作業を手伝った。

彼の指示どおり、本や衣類などをダンボールに詰め込んでいると、K君のアルバムを発見する。彼の了解を得て、それを見せてもらう。あるページには、昨夏、共に行った仙台の旅行写真があったかと思うと、その次のページには、彼の幼稚園時代の写真がある。時空を軽々と超えるアルバムだ。

荷造りは、多少脱線しながら着々と進められた。夜も更けたので、K君と僕は眠りに就く。僕の夢は、今日は、真っ白になりそうだ。

金は時なり

午前六時二十分、コンポの目覚まし機能が動き出す。K君は、雄叫びを上げながら布団から飛び出し、すぐさまスーツに着替え、朝食を取り始める。彼の休日朝の緩慢な寝起きを、昨日見たばかりなので、平日朝の俊敏な寝起きに僕は驚きを隠せない。彼も立派にサラリーマンになったのだ。

出勤するK君と一緒に部屋を出ても良かったが、これ以上、平日の彼と同じ空気を吸うことは、怠慢な日々を送る人生放浪中の僕にとって息苦しく、午前七時、先に彼の部屋を後にすることにする。

僕との別れ際に、K君は「じゃあまた」と言う。盛岡は関西から近くはないし、僕はともかくとして、K君はこれから、人生において、ますます忙しい時期になっていくだろう。それを考えると、その「また」はいつやって来るのだろう。それでも再会を願い、僕は「じゃあ」と返す。

バスに乗って、盛岡駅へと向かう。

盛岡駅に到着すると、K君に薦められた、駅舎内の立ち食いそば屋に立ち寄り、通勤途中のサラリーマンたちに紛れて、かけそばを素早く食べる。

改札口で青春18きっぷにスタンプを押してもらう。今日は、途中下車しながら、再び東京まで戻る。長い長い列車旅が再び始まる。

列車に乗る。午前七時台なので、列車は通勤・通学の人で満席。この旅行で初めて、列車で立つ。車両連結部のスペースで壁にもたれてうたた寝する。ほどなくして、北上駅に到着。ここで列車を乗り換え、座席に座る。

東北の列車は、シートヒーターの加熱能力が非常に高い。ヒーターが僕を眠りの世界へいざなう。しばらくすると、現実の世界から、平泉駅にまもなく到着することを伝えるアナウンスの声がかすかに聞こえてくる。僕は慌てて飛び起きる。

平泉駅に到着。駅舎を出ると、「中尊寺1・5キロ」という看板の文字が目に入る。これぐらいの距離ならば歩こうと、駅前で観光客を待つタクシー運転手の熱視線を無視し、徒歩で中尊寺へと向かう。

中尊寺に行く道に立つ看板から、源義経最期の地である、高館義経堂がすぐ近くにあることを知る。せっかくなので、立ち寄ることにする。

頂上に義経堂がある小高い丘のふもとに到着。入山料二百円を支払い、頂上へと向かう。

頂上に到着。そこから見下ろすと、果てしなく続く雪原の真ん中に青い北上川が勇壮に流れている。「おおー」と思わず感嘆の声が漏れる。今、この頂上にいるのは僕だけ。二百円という低料金で、その絶景を独占している。頂上にある看板によると、松尾芭蕉は夏にここからの景色を見て、「夏草や兵どもが夢の跡」と詠んだそうだ。この景観を前に彼ならばそう詠むのは当然だろうと、僕は訳知り顔で思う。

義経堂を後にし、中尊寺へと再び向かう。

しばらく行くと、頂上に中尊寺がある山のふもとに到着。頂上へと続く山道を見ると、そこを覆う雪が一部解け出したことで、じくじくしている。スニーカー内に冷たい泥水が染み込んでいく様を想像し、きれい好きの僕はその道を行くのをためらった。だが、頂上への道はそこしかなく、行くしかなかった。

悪路であったため、思ったよりも長い時間がかかって頂上に到着。しかし、頂上にあるはずの金色堂の姿がどこにもない。はて、どうしたものかと不思議に思っていると、その謎はすぐ解けた。金色堂は、風雨等による老朽化を防ぐため、覆堂という建物の中にあった。

薄暗い覆堂の中に入ると、巨大なガラスケースがあり、その中に鈍く輝く金色堂があった。二重にも三重にも保護されているから、金色堂はその輝きを永遠に失うことはないであろう。覆堂内には「撮影厳禁」という表示がそこかしこにある。にもかかわらず、おばちゃんたちはフラッシュをたき、金色堂を熱心に写真撮影している。おばちゃんがこの世にいる限り、金色堂はフラッシュの輝きも永遠に失うことはないであろう。

来た道を引き返し、予想どおり、スニーカー内に水が染み込んで靴下がびしょ濡れとなって、ふもとへと戻ってくる。中尊寺に別れを告げ、平泉駅へと向かう。

その途中、沿道にある民家の玄関口におじいさんが一人、立ちすくむのを見つける。彼は、駅へと向かう僕をじっと見つめている。そして遂には、こちらへ来るようにと手招きする。何の用かよく分からないが、僕は吸い込まれるように彼の元へと向かう。

そばまで行くとおじいちゃんは、「中尊寺には行ったか?」と尋ねてくる。僕は「はい」と答える。それに対し彼は、何かを話し始める。彼の言葉に東北訛りがあり、その何かが全く理解できない。日本語の、ある種の方言は、外国語よりもその意味が分からない。彼の話の中で唯一はっきりと聞き取れる「金色堂」というキーワードからすると、金色堂の素晴らしさを熱心に語っているようだ。僕はあてずっぽうに、要所要所で「はい」と言い続ける。そんな不均衡な状態がしばらく続いた後、「それは良かった」という僕にも十分理解可能な言葉を彼は発し、それをもって、彼との会話が終了した。彼の満足げな表情を見ると、僕の返答は概ね間違っていなかったみたいだ。

平泉駅に到着。時刻表を見ると、次の列車が来るまで一時間近くある。午前十一時前だが、駅前にあるそば屋で、早めの昼食を取ることにする。

メニューを見ると、「わんこそば」がある。思い切って挑戦しようかと思ったが、店内の客は僕ひとりだけである。そのような環境で、店員とマンツーマンで大食いする姿を想像すると、身震いがしたので、ざるそばに天ぷらとおにぎりが付いた秀衡そばを注文することにする。

この秀衡、奥州藤原氏第三代当主、藤原秀衡の名前から取ったのだろう。確か「ひでひら」と読むはずだが、絶対の自信がない。僕はメニューの写真を指差し、「これをください」と安全策を取る。

まもなく運ばれてきたざるそばをすすりながら、かけそばとはいえ、朝食もそばであったことを思い出した。朝はホットそば、昼はアイスそばを食べたから、夜はブラックそばを食べようと、僕はひいき目に見てもとてもつまらないことを考えた。

店を出て、駅舎に入ると、列車が出発していくのが見えた。その進む方向を見ると、その列車は、僕が乗るべき上り列車である。不思議に思いながら、もう一度時刻表を確かめると、さっきは誤って下り列車の発車時刻を見ていたことが分かる。

ローカル線での乗り遅れは、次の列車が来るまで時間単位で待つことを意味する。ホット、アイスと続いたから、次はブラックという、笑点の司会、春風亭昇太氏だったら「座布団を十枚持っていって」と言われかねないことを僕が考えなければ、列車にぎりぎり間に合ったかもしれない。これからの一時間を無為に過ごさねばならないことを思い、何かに八つ当たりしたい気持ちであった。「ドラマ『東京ラブストーリー』の最終回で織田裕二が演じるカンチでさえ、鈴木保奈美が演じるリカの乗る列車に間に合わなかったのだから」と、自分自身に対し変な慰めの言葉をかけ、気を静めようとした。

旅はまだまだ続く。

自由律俳句 3

私服の店長を見て見ぬ振りした
商売のことしか頭にない神主の振る舞い

あの角の店がまた潰れる

ハロウィンの潜在能力を過小評価した

ベトナムコーヒーのホットを注文した人を振り返って見た

普通の醤油がよかった

一瞬みうらじゅんかと思った

せめて人物にたとえて欲しかった

遊覧船のスピードではない
全速力で走ったのにバスはそのまま出発した

あごひげのないイタリアンシェフに微かな不安

集める理由を見失う

駅前の時計がずっと六時を指してる

男は勘弁と少女が言う

思わずポイントカードは持ってないと答えた

改造車から懐かしのナンバーが洩れ聞こえ

買いもしない宝くじ当選の夢を語る

彼の送別会開催がようやく決まる

聞くまでもないふたりは親子だ

九十円のお釣りがすべて十円玉

クールビズに対する彼の大胆な解釈

コーデュロイを着こなす小学生

このトイレットペーパーは二人後に尽きる

ごまかしても乗り過ごしたのはみな知っている

今度の土曜が祝日と今知った

市民プールでのバタフライによる被害者

ショッピングカートの行動範囲を超えてる

需要に比べて小便器の数が多すぎる

寿司の持ち込みはOKらしい

ソースを付けるという安易な解決策

展示品のソファーで本格的にくつろぐ

大切な人からもらった桃が腐ってる

立ち食いそば屋の座席

中央通商店街に子どもが二人だけ

デパートの一階のにおいだ

天ぷらという名の衣
ドーナツひとつで釣る

鳥取砂丘で遭難の危機

何か言って欲しいのだろうが絶対に言わない

ニュース速報への緊張を悔いる

値段はかわいくない

念のためもう一度歯を磨く

必要以上に強く目をつむった

ベートーベンの寝言

細いのりしろに屈する

マスクを着けて寝たが朝には行方不明
ままごとでも砂を砂と言う
見知らぬ者同士がエレベーターに残る
もう大相撲の初日がやって来た
リングサイドの人が有名人に見えたが確かめようがない

四国遍路ひとり歩き旅行記

一日目

一番霊山寺から二番極楽寺を経由して三番金泉寺までの4キロを歩く。

お遍路初日。慣れない白装束姿で歩いていると、原付バイクが僕のそばで急に止まる。おじさんが降りてきて、僕にお守りを手渡す。

これがお遍路でよく出くわすというお接待か。興奮しながら受け取ると、「このお守りは交通安全に効くだけや。だから彼女とかは自分で作れよ」とおじさんは言う。

離婚直後の僕を見透かすような言葉。ぱっと見で、そう見えたのか。僕は分かりやすい人のようだ。

二日目

三番金泉寺から四番大日寺、五番地蔵寺、六番安楽寺、七番十楽寺、八番熊谷寺、九番法輪寺、十番切幡寺を経由して十一番藤井寺までの33・2キロを歩く。

冬の豪雨。体が芯から冷える。

悪いことは続く。雨のせいか、道標を見落とし、道を間違えてしまう。

タクシーが僕のそばで急に止まる。窓が開き、運転手が正しい道を大声で指摘してくれる。

この寒さの中、人だけが暖かい。

三日目

十一番藤井寺から十二番焼山寺を経由して十三番大日寺までの33・7キロを歩く。

経由地の焼山寺は、標高938メートルの焼山寺山の八合目付近にある。そこまでの道のりは、お遍路の難所の一つと言われている。しかも今日は、昨晩降り積もった雪が、深いところで10センチ以上になっている。

それに対し僕は、通気性抜群で、使い込んだため靴底がつるつるとしたジョギングシューズに、薄い長袖シャツと白衣という軽装備。山を甘く見て大事に至る典型的なタイプ。

新雪を踏みしめると、足が雪に埋まり、シューズに冷水が染み込む。つるんとした靴底だから、固くなった雪で滑り、何度も転ぶ。標高が上がるにつれ、体感温度がどんどん下がる。積雪のためか、昨日まで多く見かけた他のお遍路さんの姿もない。無謀にも雪山を登ってきたが、引き返すのも難しい距離まで来ている。僕は死ぬのか。

死にたくない思いが力をくれ、何とか焼山寺にたどり着く。全身びしょびしょで、凍える僕の様子を見て、寺の職員がストーブに当たっていくよう勧める。

この寒さの中、人もストーブも暖かい。

四日目

十三番大日寺から十四番常楽寺、十五番国分寺、十六番観音寺、十七番井戸寺、十八番恩山寺を経由して十九番立江寺までの29・5キロを歩く。

今日は元日。そのためか、お菓子から、果ては現金まで、様々なお接待を受ける。

午後になると、昨日の雪山での転倒の影響か、左足首が腫れ出す。

左足を引きずりながら目的地まで歩き切ったが、明日以降歩けるか不安だ。

五日目

十九番立江寺から二十番鶴林寺、二十一番太龍寺、二十二番平等寺を経由して二十三番薬王寺までの50・4キロを車で行く。

今日は二つの山越えを含む30・7キロを歩く予定だったが、左足首の状態から無理をせず、宿のご主人の好意で、ご主人が運転する車で寺を回ってもらうことにする。

車中、中国人妻から大阪府知事選まで、ご主人と色々な話をする。

目的の薬王寺に到着すると、ご主人から車代を請求される。車に乗せてもらったのは全くの好意と思っていたのは、僕だけだった。

六日目

二十三番薬王寺から15・5キロを歩く。

昨日は一日ほとんど歩かなかったため、左足首の状態も良くなる。短い距離をゆっくりと歩き、午後の早い時間に目的の民宿に到着する。

宿に入り「こんにちは」と玄関口で声を掛けると、パンチパーマのおばちゃんが出てきた。中の様子を見ると、どうやらおばちゃんひとりで宿を切り盛りしているようだ。

予約した者である旨を伝えると、寝間着として使い込まれたグレー色のジャージと、「それだけじゃ寒かったら」と、石原裕次郎しか着ないワイン色のガウンを手渡された。

夕食時、「茶碗半分ぐらい」とご飯のおかわりを頼むと、ご飯がてんこ盛りで返ってくる。デザートも食べ終わり一服していると、「出し忘れてた」と茶碗蒸しが出てきた。

そんなおばちゃんだが、風呂とご飯、布団を用意してもらうだけでありがたく感じるこのお遍路旅では、彼女のすべてを許せる。

七日目

24・6キロを歩く。

泊まった民宿の宿帳から、僕よりも先にお遍路を始めた妹が宿泊していたこと、さらには、僕と全く同じ部屋に泊まっていたことが分かった。その偶然に、宿の主人と盛り上がる。

妹の宿泊先の一つは分かったが、妹がなぜ、お遍路を始めたのかは分からないし、知らない方がいい気がする。

八日目

二十四番最御崎寺までの34・9キロを歩く。

道端で休憩していると、おばちゃんが声を掛けてきた。僕の旅の無事を祈り、空海にまつわる詩吟を吟じたいとのこと。二つ返事で引き受けた。

僕だけのために歌ってくれるのはもちろんありがたいのだが、いかんせん、音程を外すことが多い。笑いそうになるのを必死に堪える。

お遍路は、自分を見つめ直す修行の場である。笑いを堪えるのも、その修行の一つか。

九日目

二十四番最御崎寺から二十五番津照寺、二十六番金剛頂寺を経由して西の浜バス停までの22キロを歩く。

宿を出発直後、光の屈折で太陽がだるまのように見える、室戸岬名物のだるま朝日を見る。これを見ると、幸運がもたらされるらしい。

今日は、今回の区切り打ち（八十八の札所を何回かに分けて巡ること）の最終日。ごめん・なはり線の十二時一分発の電車に乗り遅れず、かつできる限り距離を稼ぐため、全速力で歩き続ける。

すると、西の浜バス停という、最寄り駅のない区切り打ちを再開するのにとても不便な場所で、今回の区切り打ちを終える。だるま朝日は、僕に幸運をもたらさなかった。

十日目

西の浜バス停から二十七番神峯寺までの20・4キロを歩く。

今回の区切り打ちの出発点、西の浜バス停を正午過ぎに出発する。

歩いていると、太平洋一面を見渡せる墓地を見つける。こんなオーシャンビュー、海外高級リゾートホテルでもそうそうない。僕が死んだら、こんな墓地に埋葬してください、誰か。

十一日目

二十七番神峯寺から二十八番大日寺を経由して後免駅までの40キロを歩く。

午前中は太平洋を望む海岸線沿いをひたすら歩く。こうして目の前の太平洋を見ていると、坂本龍馬が海の向こうの世界に思いを馳せた気持ちが分かる。僕も遙か彼方の世界に夢を巡らせてみるが、いかんせん京阪神以外で暮らしたことがない出不精なので、夢見ることは長続きしなかった。

途中、「学生? 休みに入ったん?」と声を掛けられる。二十七、八歳のときにそんな声を掛けられたら、まだ半人前にしか見られていないと否定的に感じただろうが、三十三歳なのにまだ学生と見られたのは、肯定的に受け止めていいのだろう、たぶん。

向こうからドロップハンドルの自転車がやって来る。すれ違いざまに「こんにちは」と声を掛けてきたその運転手は、八十歳をゆうに超えたおじいちゃんだった。人生からのドロップアウトも意識し始めるその歳で、ドロップハンドルを巧みに操っている。

午後になって、市街地に入る。「ホームラン」という名のパチンコ店を何軒か見かける。そのほとんどが店を閉じていた。かつてのホームラン王の、寂しい引退を見た気がした。

十二日目

後免駅から二十九番国分寺、三十番善楽寺、三十一番竹林寺、三十二番禅師峰寺を経由して三十三番雪蹊寺までの30キロを歩く。

三月なので、遍路バスツアーを行う団体客も多い。そのようなツアーには大体、遍路を何度も行ったベテランお遍路さんがいる。その人が唱える般若心経をまねているうちに、僕のそれも多少、様になってきた。お遍路を始めた当初は、恥ずかしげに唱えていたが、今では粋がって自分の色を出しながら唱えている。

泊まった宿で、弥次喜多のような七十歳過ぎの二人組に出会う。丁々発止とやりあっている。

二人の話を聞いていて、そのうち一人の足の小指のマメが悪化し、想像を絶する状態になっていることを知る。思わず「病院に行ったんですか？」と聞いたが、「病院に行ったら、お遍路止められるやん」と一蹴された。七十歳を超えた二人である。こうやって二人でお遍路をするのは、もしかすると彼らの人生では最後なのかもしれない。
野暮な質問をした自分を恥じた。

十三日目

三十三番雪蹊寺から三十四番種間寺、三十五番清瀧寺を経由して三十六番青龍寺までの31キロを歩く。

あいにくの雨。しかも午後の飛行機で帰阪しなければならない。悪コンディションの中、スピードも求められる、ハードな一日。

歩き疲れて、清瀧寺で休憩していると、屋台のおじさんが「あそこに桜が咲いているよ」と教えてくれた。指された方を見ると、雨に濡れる新緑の木々の中に、紅色の花を付けた桜の木がぽつりとあった。そしておじさんはおもむろにみかんをくれた。「花見っていいな」と人生で初めて思った。

焦って道に迷いながらも、三十六番青龍寺に無事到着する。そこから空港までタクシーに乗る。

運転手のおっちゃんは、月給が歩合給で十七万円ぐらいであることや、若いときは結構やんちゃをしたこと、近くのハウス農家が石油高騰のため自殺したこと、昔マグロ漁船に乗っていた頃は一回の航海で家を一軒建てられるぐらいのお金が入ったこと、田舎の人は実は全然歩かないことなど、色々な話をしてくれた。

おっちゃんは、八千円以上かかったタクシー料金を、歩合給にもかかわらず、五千円にまけてくれた。

近いうちにまた四国を歩きたいと思う。

十四日目

三十六番青龍寺から土佐久礼駅までの36・2キロを歩く。

途中、大きな鯉のぼりが泳いでいるのを何度も見かける。その横には、初節句を迎える男の子の名前が書かれた、鯉のぼりの大きさに引けを取らない旗が翻っている。田舎には、都会ですでに失われたものがたくさん残っている。蛙が合唱する田んぼ、日がな一日家の前に座る老人、オロナミンCを持つ笑顔の大村崑、ファンタレモンがある自動販売機。すべてが懐かしく、愛おしい。

僕が追い抜かすお遍路さんのほとんどが女性である。男性が非常に少ない。お遍路でも女性強し。ちなみに、僕は追い抜かすことはあっても、追い抜かれたことは一度もない。僕はお遍路界のいわば……。誰だ。

とにかく暑い。日陰が天国であることを知る。宿に到着した後に分かったことだが、フェーン現象のため、気温が五月なのに32度を超えたそうだ。途中、飲み物を3リットル以上飲むわけだ。今回の区切り打ちの出発点、青龍寺に行くまでに乗ったタクシーの運転手に「夏休みも来い」と言われたが、恐ろしくて行く気にならない。

十五日目

土佐久礼駅から三十七番岩本寺を経由して佐賀公園駅までの42・5キロを歩く。

前日、サロンパスのテレビCMに出演する唐沢寿明氏からブラウン管越しに教えられたとおり、脚にサロンパスのヒラメ貼りをしたので、疲れはあまり残っていない。

お遍路をしていると、老若男女を問わず、挨拶される。今日も、五歳くらいの女の子に「おっはっよー」とかわいらしげに挨拶された。僕も「おっはっよー」とかわいらしげに返したが、何の反応もなかった。

交通の便が悪いため、このあたりでは車を複数台持っている家が一般的だ。今日見た中で一番多かったのは、六台持っている家。最近のガソリンの値上げは痛いに違いない。

高知県西部に来てから、民主党の「中山ともい」のポスターを頻繁に見かける。その容姿からすると、政界の久本雅美、相原勇、あるいは、田中律子とたとえられていることは必至。調べてみると、前回の衆議院議員選挙は、準備不足のため、落選とのこと。

彼女自身、次回選挙に期している。これも何かの縁だ。もし僕が高知県民になったら、彼女に投票しよう。

十六日目

佐賀公園駅から四万十川を経由して、スリーエフ下ノ加江店までの37・8キロを歩く。

海岸沿いを歩いていると、浜辺に黒いものがたくさん見える。黒いウェットスーツ姿のサーファーだ。その数、千人。もっといるかもしれない。駐車場に停められた車のナンバーを見ると、全国各地の地名が書かれている。キャンプ場には無数のテントが張られ、その傍らにはサーフボードがある。

街中でサーファーもどきはよく見かけるが、こんなに本格的なサーファーがこれだけの数、しかも、四国の南端にいるのは驚きだ。キムタクがこの風景を見たら、「おめえら、マジ、かっけーよ」と言いそうだが、僕はクールなので、そんなことは言わない。

途中、長さ1・6キロのトンネルがあった。歩道は申し訳程度のものがあるだけ。車が通るたびに身が縮む思いをする。車が通らなかったら通らなかったで、今度は、暗闇の静寂に恐怖を覚える。

そんな静けさの中、突然目の前に自転車が現れ、すれ違う。今の自転車は現実のものだったのだろうか。幻のような気もする。怖くて後ろを振り向くことはできない。

トンネルを抜ける頃には駆け足だった。

目的のスリーエフ下ノ加江店まで歩き終え、帰りの夜行バスの出発時間まで、スーパー銭湯「平和な湯」で時間を過ごす。お風呂から上がった後、銭湯内の食堂でかつおたたき定食を食べる。今まで食べていたかつおのたたきは何だったのかと思うほどのおいしさ。所詮「平和な湯」の食堂なので、さしたる特徴のない「平和的」な味とあまり期待していなかった分、そのおいしさが際立った。地産地消を知る。

その日、バス利用者が多かったため、乗ったバスは臨時便だった。そのため、通常のセパレートタイプの座席ではなく、二人掛けの座席。隣に座ったのは太ったおじさん。おじさんは僕の座るはずの領域を侵犯した。大阪に着くまで、窮屈で鬱屈した。しかもトイレ休憩で、途中、何回も起こされた。そんなに出すものはない。

十七日目

スリーエフ下ノ加江店から三十八番金剛福寺を経由して以布利港までの35・8キロを歩く。

当日、朝一番の飛行機で大阪伊丹空港から高知龍馬空港へ向かう。空港に着くと、そこからタクシー、電車、タクシーを乗り継ぐこと、四時間。ようやくスリーエフ下ノ加江店に到着する。

スリーエフを正午ちょうどにスタート。日が暮れる前に目的の宿に着くべく、最初からトップスピードで歩く。

前回の区切り打ちで見た民主党の「中山ともい」のポスターをまた見かける。前回のポスターよりも化粧や服装に気合を感じる。民主党は本気で政権交代を狙っている。

田園風景が広がる中、レゲエ調のお店を発見。海の家ならぬ、山の家といったところ。高知なのに、岩手名物じゃじゃ麺を売りにしている。客は一人もおらず、お店の人は全員、レゲエを子守唄にデッキチェアで熟睡中。商売としては失敗だろうが、生き方としては悪くない。悔しいが、羨ましくさえある。

足摺岬にある金剛福寺に到着。日没の足音が確実に聞こえてきている。もう少しゆっくりしたかったが、滞在時間五分で立ち去る。

ようやく宿の近くまで来たとき、ふと空を見上げると、真っ赤な美しい夕焼けが見えた。今日一日の疲れが取れる。

十八日目

以布利港から三十九番延光寺までの37・6キロを歩く。

両足のかかとにできたマメが思った以上に痛く、その緩衝材として靴下を二枚重ねてはく。そのため、足先が窮屈になり、右足の人差し指が中指の爪に擦れて、靴越しにも分かるほど出血をする。どうしようもないので、最終手段として気にしないことにする。

道沿いには民家がところどころにしかない。必然的に自動販売機もところどころしかない。かなり暑いが、取水制限を余儀なくされる。

山の斜面でたくさんの牛が放牧されている。「ウシ。ウシ」と大声で呼んだが、どの牛も全く反応を示さず、動物の固有名詞を叫ぶ僕の声が山に寂しげにこだました。

泊まった宿で、八十四歳のお遍路さんに会う。長いときは一日30キロ歩くという。そんな八十四歳に僕もなりたい。

十九日目

三十九番延光寺から四十番観自在寺までの25・8キロを歩く。

両足のかかとにできたマメがさらに悪化。着地するたびに痛みが走る。その部分をかばっているうちに、脚の至るところが順に痛くなっていく。いつもは色んなことを考えながら歩くが、今日は肉体的にも精神的にも余裕がなく、早く目的地に到着することしか頭に浮かばない。

ひたすら我慢して何とか目的地に着く。達成感はない。

帰りの夜行バスの出発までにかなりの時間があるので、近くのスーパー銭湯で時間を過ごす。ここで食べたブリ刺身定食も絶品。調子に乗って、にぎり盛り合わせも食べる。地産地消を改めて知る。

二十日目

四十番観自在寺から津島町までの25・6キロを歩く。

想像以上の急勾配の山を歩く。そのかいもあって、頂上に達すると、そこから絶景が見えた。思わず「フゥー」と安堵と歓喜の雄叫びを上げる。「フゥー」と言ったことから、「フォー」で一世を風靡したレイザーラモンHGを思い出す。彼も来年は良いことがあるといいな。

途中、田畑の脇で農作業を一休みするおばちゃんに声を掛けられる。みかんを食べていたので、僕にもくれると期待したが、結局もらえなかった。お遍路をしていたら、当然施しを受けられると思う、浅ましい自分を深く反省。

二十一日目

津島町から四十一番龍光寺、四十二番佛木寺を経由して四十三番明石寺までの37・8キロを歩く。

序盤、全長2キロのトンネル。車が走っていると、轢かれないかと恐ろしいが、車が走っていないと、その静けさが恐ろしい。どっちにしろ、長いトンネルの中を歩くのは恐ろしい。

途中、道を間違える。車を運転中のドライバーがわざわざ降りて来て、「違う」と指摘してくれる。そのまま行っていたら、とんでもないところに行くところだった。

地方ではそれでも自民党が頼りなのか、麻生太郎総理（当時）のポスターが目立つ。ポスターの中で総理は、「まず、景気だ」と威勢良く叫んでいる。総理自身は「まず、漢字」ですね（当時、麻生総理は、漢字の読み間違えで世間を賑わしていた）。

二十二日目

四十三番明石寺から内子町までの33・9キロを歩く。

朝食のとき、宿の女将さんと政治について話す。女将さんは「お遍路をしたことがある人しか、政治家になれないようにしたらいい」と言う。その言わんとすることは何となく分かるが、それは、この僕も政治家の候補になるということを意味する。女将さんの案に心から賛成することはできなかった。

途中、門柱に「中にどうぞ」と貼り紙がされた家を見つける。中を覗くと、庭にミッキーマウスをはじめ、東京ディズニーランドを模した模型が所狭しと並べられている。知的財産権を取り扱う弁理士である僕から見て、ディズニー社を舐めていたら、いつか痛い目に遭うと思う。

田舎道を歩いていると、遙か遠くの家からそこの飼い犬に激しく吠えたてられる。僕も自意識過剰な方だと思うが、その犬も相当だ。僕は君にも君の家にも用なんてない。

二十三日目

内子町から四十四番大寶寺までの33・3キロを歩く。

今日は元日。基本的にずっと上りを行く。標高が高くなるにつれて、積雪量が多くなっていく。

このあたりで一番標高が高い鴇田峠を目指して山道を歩いていたとき。10センチ以上の積雪に悪戦苦闘していると、いつのまにか、自分がどこにいるか分からなくなっていることに気付く。その瞬間、雪が激しく降り始める。パニックになりそうになるのを必死に堪え、来た道を慎重に引き返す。しばらく行くと、正しい道を示す標識を見つける。九死に一生を得る。

宿での夕食の席でのこと。お遍路をしているご夫婦とちょっと話をしただけで、「大阪のどこから来たの？」と断定的に言われた。自分では、かなり上品な言葉遣いの、一見すると大阪人には見えない大阪人と思っていたのに。ショックだ。

二十四日目

四十四番大寶寺から四十五番岩屋寺を経由して四十六番浄瑠璃寺までの37・9キロを歩く。

途中、もともとセルフサービスのガソリンスタンドだったところが、墓石屋になっているところを見つける。墓石もセルフサービスで売ってなければいいが。

登り切った峠で、愛媛県松山市全体を見渡せる絶景が待っていた。この二日間、雪中を歩いたかいがあった。

その後、ひたすら道を下っていく。気温は冷凍庫から野菜室の温度へと変化する。

二十五日目

四十六番浄瑠璃寺から四十七番八坂寺、四十八番西林寺、四十九番浄土寺、五十番繁多寺、五十一番石手寺、五十二番太山寺、五十三番圓明寺を経由して堀江町までの28・5キロを歩く。

山中だった昨日までは、一時間に二、三人、人を見かけたら多い方だったが、松山市内に入ってからは、見かける人が多くなる。何か緊張する。

松山市内でレギュラーガソリンが九十円台で売られていることに気付く。ついこの間まで二百円近くで売られていたので、思わず「ええーっ⁉」と驚きの声を上げる。その「ええーっ⁉」という声が、アニメ『サザエさん』のマスオさんの「ええーっ⁉」という声にそっくりだった。自分では気付いていなかった秘めた力に驚く。

途中、幹線道路沿いに古本屋を見つける。店の屋根に「100万馬力の古本屋」と書かれた大きな看板を掲げている。本屋としては必要以上に強い。

今日泊まる宿は海のすぐそば。昨日までは雪山の中にいたので、隔世の感を禁じ得ない。

二十六日目

堀江町から五十四番延命寺、五十五番南光坊、五十六番泰山寺を経由して五十七番栄福寺までの41・3キロを歩く。

瀬戸内海沿いをひたすら歩く。高知を歩いているとよく見えた太平洋からは、大きな希望とともに底知れぬ不安を感じたが、瀬戸内海に来てからは、そばにいる安心を感じる。

栄福寺に到着後、温泉に向かい、そこでゆっくりくつろぐ。その後、帰りの夜行フェリーに乗る。

フェリーの大広間で横になっていると、僕の横で寝ていた人が寝ぼけて、僕の頬をたたく。「最近は親にもたたかれたこともないのに」とすやすや眠る横の彼をにらむ。

二十七日目

五十七番栄福寺から五十八番仙遊寺、五十九番国分寺、六十二番宝寿寺、六十一番香園寺、六十三番吉祥寺を経由して小松までの31・7キロを歩く。

途中、様々な生き物と出会う。側溝には大きな蛇がいて、公衆トイレで上を見上げると青白い蛾がいた。そして、道路横の空き地にはダチョウがいた。そのダチョウを飼育する団体の名称は、やはりというか、「駝鳥倶楽部」であった。「ヤー」と元祖ダチョウ倶楽部のギャグがついて出る。

「天使の隠れ家」というレストランの看板を見つける。それによると、店はヤマダ電機の斜め向かいにあるとのこと。隠れ家で、しかも天使の家なのに、結構目立つ場所にある。

道路標識に「高松」の文字が現れ始める。お遍路が終わりに近くなってきた。

この日泊まった宿は肉屋も経営していて、晩ご飯は、牛刺や牛肉のしぐれ煮、水炊きなど、お遍路宿の晩ご飯とは思えない豪勢な肉料理だった。

その夜、蚊が部屋に居座り、全身を刺される。至るところがかゆい。小学生のとき、蚊に全身を刺されて、学校を休んだ友達のことを思い出す。その当時は、「蚊に刺されたぐらいで」と秘かに思っていたが、今ならその気持ちがよく分かる。

二十八日目

小松から六十番横峰寺、六十四番前神寺を経由してローソン篠場町店までの41キロを歩く。

横峰寺までは、山深く分け入る山道が続く。そこでは、鳥のさえずりが時々聞こえるものの、それを除くと、聞こえるのは僕のせわしない足音と荒い息遣いだけ。ほとんど無音の世界に恐怖すら覚える。悠然と構える自然に対して、自分がいかにちっぽけか。

歩き終え、区切り打ち最終日の恒例となった温泉に行く。この温泉、浴場にシャンプーや石けんなどを一切備え付けていなかった。それらを持ち合わせていなかった僕は、一時的に放置されていた他人のものをこっそり使わせてもらう。お遍路の旅を通じて、最もスリリングな場面であった。

二十九日目

ローソン篠場町店から六十五番三角寺を経由して上分町までの33・1キロを歩く。

路上にカニがぺちゃんこになっている。平面ガエルのピョン吉が主人公の漫画『ど根性ガエル』を思い出す。その後しばらく、「トノサマガエル・アマガエル、カエルに、いろいろあるけれど、この世で一匹、平面ガエルのピョン吉さまは、……」と、『ど根性ガエル』の主題歌を何度も何度も口ずさむ。カニよ、安らかに眠れ。

路上にヘビを発見する。咄嗟に飛びのく。だが、よく見ると、乾燥した長い何かの糞だった。路上に長い何かの糞を発見。すると、その糞はするすると動いた。今度は本当にヘビだった。

この日のお遍路の終盤には、「これでいいのだ、これでいいのだ、……」と、アニメ『元祖天才バカボン』の主題歌を知らず知らずのうちに歌っていた。今日は、歌を歌わずにいられない一日だった。

三十日目

上分町から六十六番雲辺寺、六十七番大興寺、六十八番神恵院、六十九番観音寺を経由して観音寺町までの35・9キロを歩く。

クモが多い。電柱や電線の至るところにクモの巣がある。クモの数は、このあたりで見かける人の数の百倍以上にはなる。見かける人の数も少ないが。

お遍路で最も高い、標高1000メートル近くのところにある雲辺寺。そこへと向かう道の途中、険しい坂が待っていた。もともと坂を上るのは得意で、このお遍路の旅で坂を上るときに立ち止まることはほとんどなかったが、今回は何度も立ち止まった。急な坂をようやく上り終えて道路標識を見ると、その坂を進んだ距離がたった1キロで愕然とする。

途中、豚キムチをしばらく食べていないことに気が付く。今や日本男児の国民食たる豚キムチを長く食べていない自分をののしる。大阪に戻ったら、豚キムチを食べよう。

豚キムチを食べることが今の僕にとって、明日への大きな希望だ。

このあたりでは、ホームセキュリティにセコムではなく、ＡＬＳＯＫを使っている家が目立つ。レスリングの吉田沙保里選手や柔道の塚田真希選手の出演する無骨なＣＭを観ると、ＡＬＳＯＫを使う気持ちが分かる。

三十一日目

観音寺町から七十番本山寺、七十一番弥谷寺、七十二番曼荼羅寺、七十三番出釈迦寺、七十四番甲山寺、七十五番善通寺、七十六番金倉寺、七十七番道隆寺を経由して丸亀駅までの34・9キロを歩く。

弥谷寺の山門に到着して一息ついていると、周りが何やら騒々しい。その声をよく聞くと、山門から本堂に行くのに、階段を五百段以上行かなければならないとのこと。ダチョウ倶楽部でなくても、「聞いてないよォ」と言いたくなる。

香川に入ってから、ため池が至るところにある。その池の一つの、水面に浮かぶ浮草の上に一匹のカメを見つける。しばらく見続けたが、その間、身動き一つしなかった。その昔、ウサギとの競走で劇的な勝利を収めた面影はない。

区切り打ち最終日の恒例となったスーパー銭湯に行く。風呂上がりの空腹にさぬきうどんをつるっと流し込む。このような幸せは、もう二度と訪れないかもしれない。

三十二日目

丸亀駅から七十八番郷照寺、七十九番高照院、八十番国分寺、八十一番白峯寺、八十二番根香寺を経由して鬼無駅までの33・6キロを歩く。

元日の朝五時、自宅を出て、新幹線に乗るため新大阪駅に向かう。新大阪駅で、見るからに別れ話をしているカップルを見かける。今年に入って、日本で一番早く別れる二人かもしれない。他人の不幸を見るため、何度も振り返る。

そのバチがあたったのか、新幹線内に手袋を忘れる。仕方なしに手袋をコンビニで買うも、それも途中の山道で落とす。こうして、人生で初めて一日に二回、手袋をなくした。

三十三日目

鬼無駅から八十三番一宮寺、八十四番屋島寺、八十五番八栗寺を経由して八十六番志度寺までの31・5キロを歩く。

途中、「日本を守る責任力」と訴える麻生元総理のポスターをたくさん見かける。結局、日本どころか、自民党政権を守ることもできませんでしたね。

高松市内で、トヨタ自動車のCMシリーズ「こども店長」の看板に何度も遭遇する。まだあどけない子供が店長として頑張っているのだから、僕も頑張ろうと、無理やり思い込む。

屋島寺は300メートル足らずの山の頂上付近にある。決して高い山ではない。だが、その頂上までの道が、この山を登ることを諦める理由を何度も思いつくほどの急な坂道だった。その昔、この地で源平が合戦を行ったが、今日は、僕と僕自身の弱い心との合戦であった。

今日までのお遍路旅を振り返って、口ずさむことが一番多かった歌は、「24時間戦えますか」で有名なリゲインのＣＭ曲。そんな歌を歌って、自分がこの旅で何かと戦っていることをあからさまに訴えているようで、我ながら嫌になる。

明日はとうとう、八十八番大窪寺に参る。

三十四日目

八十六番志度寺から八十七番長尾寺、八十八番大窪寺を経由して白鳥温泉までの28・6キロを歩く。

長尾寺から大窪寺までの道は、山道と車道がある。前日、宿の女将さんに聞くと、「距離は山道の方が短い。少し険しい道だけど、若いから大丈夫」と、山道を行くことを勧められた。その言葉を信じ、山道を行った。

最初はそれほどでもなかったが、道はどんどん険しくなった。最後はロッククライミングに近かった。これは「少し」険しい道とは言わない。「非常に」険しい道と言う。苦労した分、山頂からの眺望は、思わず雄叫びを上げるほどの景色であった。

そして、八十八番大窪寺に着く。何かこみあげるものがあると思っていたが、あまりの寒さにじっとしていられず、着いて早々、寺を去る。

今日の宿に着いてから気付いたのだが、この宿は、大学時代に泊まったところであった。世間は広いようで狭い。
明日は一番霊山寺に行く。お遍路の旅が終わる。

三十五日目

白鳥温泉から三番金泉寺、二番極楽寺を経由して一番霊山寺までの29・5キロを歩く。

三番金泉寺に戻ってきた。離婚直後の二年前の冬、同じ道を逆方向に歩いていた。これからの人生を思うと、不安が一杯だった。がむしゃらに歩くことにより、その不安を必死にぬぐい去ろうとしていた。それを今は、懐かしく思う。

一番霊山寺に到着する。これから出発するお遍路さんを何人か見かける。彼らはなぜ歩くのだろうか。彼らの旅の安全を心から願う。

あとがき

　ここ数年、以前から興味があった気象予報士を目指し、その試験勉強をしていた。早期合格できると高をくくっていたが、想像以上に高い壁であった。

　幾度も壁に跳ね返され、途方に暮れていたそんな折、数名の友人・知人からそれぞれ別々に「また本を出版しないのか」と尋ねられた。

　書き溜めた文章があった。いずれ本の形にしたいと考えていた。

　気象予報士になることは、誰からも期待されていない。一方、本を出版することは、少なくとも数名からは期待されている（ようだ）。気象予報士になることはいったん諦め、本を出版することとした。人生は思うよりも短い。

　料理や食材にあまり触れない「グルメレポート」。二年留年の末に卒業した大学の卒業旅行を描いた「卒業旅行記」。離婚後（現在は再婚）に妹の勧めで四国遍路をひとりで歩いた旅行を描いた「四国遍路ひとり歩き旅行記」。近年、川柳と共に熱を入れて創作する「自由律俳句」（書名も俳句の一つ）。一貫したつながりのないこれらの文章を一冊の本にした。

まとまりのない内容を一冊の本に無理やり詰め込んでいただいた株式会社パレードの方々に感謝したい。

「また本を出版しないのか」という彼らの何気ない一言が、今回の出版につながった。この本をまずそんな彼らに手に取ってもらえたら望外の喜びである。

◇著者略歴

前田理容（ペンネーム）

京都市生まれ。京都大学総合人間学部卒業。弁理士。

著書に『大学六年生の作り方』（郁朋社）、『ぼくらの流儀』（ぶんりき文庫）、『山崎』（パレードブックス）、『結局ゾロ目を見逃す』（郁朋社）がある。

趣味は、ウルトラマラソン、川柳。関西夢街道グレートRUN320km1位。

朝日なにわ柳壇1位。

冬でも薄着の彼が風邪を引いた

2021年3月22日　第1刷発行
2021年6月11日　第2刷発行

著　者　前田理容《まえだりよう》

発行者　太田宏司郎
発行所　株式会社パレード
　大阪本社　〒530-0043　大阪府大阪市北区天満2-7-12
　　　　　　TEL 06-6351-0740　FAX 06-6356-8129
　東京支社　〒151-0051　東京都渋谷区千駄ヶ谷2-10-7
　　　　　　TEL 03-5413-3285　FAX 03-5413-3286
　https://books.parade.co.jp
発売元　株式会社星雲社（共同出版社・流通責任出版社）
　　　　　　〒112-0005　東京都文京区水道1-3-30
　　　　　　TEL 03-3868-3275　FAX 03-3868-6588
装　幀　藤山めぐみ（PARADE Inc.）
印刷所　中央精版印刷株式会社

ISBN 978-4-434-28627-8 C0092